LES ROSES DE BAGATELLE

Romancière, journaliste, dramaturge, ex-membre du jury du prix Femina, Madeleine Chapsal a publié de nombreux romans.

Paru dans Le Livre de Poche :

ADIEU L'AMOUR
L'AMI CHIEN
LES AMIS SONT DE PASSAGE
L'AMOUR N'A PAS DE SAISON
LES AMOUREUX
CALLAS L'EXTRÊME
CET HOMME EST MARIÉ
LA CHAIR DE LA ROBE
LES CHIFFONS DU RÊVE
CONVERSATIONS IMPUDIQUES
DANS LA TEMPÊTE
DANS MON JARDIN
DÉFENSE D'AIMER
DEUX FEMMES EN VUE
L'EMBELLISSEUR
ENVOYEZ LA PETITE MUSIQUE *(Biblio essais)*
LA FEMME SANS
L'HOMME DE MA VIE
L'INDIVISION
L'INONDATION
L'INVENTAIRE
JEU DE FEMME
LA MAISON DE JADE
MÈRE ET FILLES
MEURTRE EN THALASSO
LA MIEUX AIMÉE
NOCES AVEC LA VIE
NOS ENFANTS SI GÂTÉS
NOS JOURS HEUREUX
REVIENS SIMONE
LA RONDE DES ÂGES
SI AIMÉE, SI SEULE
SUZANNE ET LA PROVINCE
TROUS DE MÉMOIRE
UN BOUQUET DE VIOLETTES
UN ÉTÉ SANS TOI
UNE FEMME HEUREUSE
UNE SAISON DE FEUILLES
UNE SOUDAINE SOLITUDE

MADELEINE CHAPSAL

Les Roses de Bagatelle

ROMAN

FAYARD

ISBN : 978-2-253-11577-9 – 1re publication LGF

C'était au cours des années cinquante et je vivais seule. Du fait de récents échecs, je me jugeais destinée à ne plus aimer personne. Après un divorce sans péripéties, j'avais eu deux liaisons auxquelles je n'ai donné cette dénomination restrictive qu'après coup. Sinon, à chaque nouvelle rencontre, j'espérais – ou tentais de me convaincre – qu'enfin j'avais fait la bonne, celle qui allait me permettre de recommencer ma vie d'une façon définitive.

Étaient-ce ces hommes-là, était-ce moi ? Mon trop d'exigence, ma hâte d'aboutir à la vie commune ? Au bout de quelques mois, le lien s'effilochait, se distendait, se rompait...

La première fois, ce fut dans la douleur. Nous n'étions pas faits l'un pour l'autre, moi et ce journaliste toujours en voyage, incapable de fidélité ; n'empêche, je pleurai beaucoup. Tout en trempant des mouchoirs, je m'étonnais de ce torrent de larmes qui n'avait pas jailli au moment de mon divorce. Je crois qu'en plus du chagrin et de la déception, il y avait la honte, l'humiliation : Pierre, mon ex-mari, s'était déjà remarié, attendait un enfant, tandis que moi je me faisais « larguer » comme une bonne à rien. Ni maîtresse, ni épouse : une femme inutile. Une laissée pour compte. Je n'avais pas de mots assez durs pour me qualifier.

Mon deuxième amant, un peu plus jeune que moi, poursuivait des études pour devenir docteur en droit, tout en travaillant dans un cabinet d'avocats, et il m'ennuya vite. Ses préoccupations me semblaient terre à terre : passer des examens, réussir des concours, constituer des dossiers, gagner des causes dont au fond il se fichait ; il semblait ne rien lui rester pour l'amour. Du moins tel que je le concevais alors : passionné.

J'avais emménagé chez lui, et, le jour où je lui annonçai que je préférais retourner dans mon appartement dont heureusement je n'avais pas résilié le bail, il n'opposa guère de résistance. S'abstenant par délicatesse de s'en réjouir ouvertement, il admit que j'y serais mieux pour vivre à ma guise, et lui seul chez lui pour travailler tard, parfois jusqu'à une heure avancée de la nuit. Ce qui ne nous empêcherait pas de nous voir, n'est-ce pas ?

J'opinai, appelai un taxi, y fourrai mes bagages. Je ne le rappelai pas, lui se garda aussi de me faire signe. Donc, j'étais « libre »...

Ce n'est pas le mot qui vient à une femme qui se sent seule. Quelque peu délaissée. Le corps à la fois chaud et glacé, avide de caresses mais contrainte de s'en passer. Jour après jour, nuit après nuit...

Sans m'en rendre vraiment compte, je me remis en chasse. J'avais déclaré à mon entourage que j'étais mieux sans les contraintes et les concessions qu'impose la vie de couple ; par ailleurs, j'avais été élevée dans l'idée que c'est aux hommes de courir après les femmes, de les pister, les assiéger, les conquérir : « Toi, tu fais comme si tu ne t'apercevais de rien, tu te refuses le plus longtemps possible, le premier baiser accordé du bout des lèvres doit être suivi de fleurs, de cadeaux, et, après quelques séances au lit, de la bague au doigt ! Ou de son équivalent... »

Toutefois, comme je les regardais, les hommes ! Dans la rue, sur la plate-forme des autobus comme il y en avait encore, au théâtre – ceux de la même rangée, ceux de devant, ceux de derrière : « Tiens, celui-ci est chauve, son voisin a une belle crinière mais une ravissante femme à ses côtés... » Je les scrutais avec la même intensité dans les réceptions entre amis. La plupart étaient en main, mariés ou près de l'être, voire en couple officiel... Je sentais pourtant que certains m'évaluaient dès que je détournais les yeux. Il faut dire que j'avais soigné ma mise, mon maquillage, mon décolleté, et que j'exhibais mes meilleurs atouts : mes jambes et la minceur de ma taille serrée jusqu'à l'étranglement, les ongles rouge vif, la voix tantôt claire, tantôt de gorge.

Je me voyais me comporter comme une comédienne sur scène, mais rien n'en découlait : on ne me poursuivait pas, ne me demandait pas mon numéro de téléphone, on se contentait de me considérer en douce. Mon image hanterait-elle l'étreinte du soir avec la compagne officielle ? Rendre ainsi service aux autres mais pas à moi ne m'avançait guère ! Ce vain manège dura plus d'un an.

Et soudain, la rencontre eut lieu, ou plutôt me tomba dessus ! Alors que je ne m'y attendais presque plus, avec un homme dont j'avais eu vent, auréolé par sa réputation d'intégrité, d'austérité, même, ainsi que de hauteur. De courage, aussi, pendant la dernière guerre.

Sur un bout de trottoir, à Saint-Germain-des-Prés. J'étais venue m'acheter des livres dans l'une des librairies qui faisaient la gloire de ce quartier réservé aux intellectuels. Mon paquet sous le bras, je me dirigeais vers le boulevard Raspail, ses autobus, son métro, quand, sur un étroit trottoir, au coin de deux rues, lui et moi manquâmes de nous heurter.

Quel regard rapide, évaluateur, on porte sur quelqu'un qu'on ne s'attend pas à dévisager d'aussi près ! Telle une bête qui tombe sans préavis sur une autre : amie, ennemie ? On estime tout : l'apparence, l'habit, la qualité de la peau, le regard, bien sûr, mais aussi le geste, les premiers mots, la voix... Peut-être même l'odeur.

Long, mince, souple, il se colla avec ostentation contre le mur pour me signifier qu'il me laissait le passage, tout en souriant à pleines dents afin de me retenir : « Vous avez fait vos provisions de livres ? Je vois que nous hantons les mêmes lieux ; il est vrai que j'ai mon bureau à côté... » Plaisant, l'animal, la voix douce et virile à la fois, et, cherchant, je le sentis d'instinct, à prolonger. Prise dans la nasse de son désir, curieuse aussi du personnage, je renonçai à poursuivre mon chemin et tournai le dos à ma direction pour lui faire face : « Il n'y a qu'ici que j'arrive à trouver ce que je cherche... – Des livres anciens ? – En fait, rares : Paulhan, Queneau, Vian, vous connaissez ? – J'ai beau être ignare... »

Se déprécier, j'allais l'apprendre, était une des formes que prenait sa coquetterie – ou son orgueil. Il feignait l'humilité pour que les autres le mettent à sa vraie place, qu'il tenait pour la plus haute – ce qui ne manquait pas d'arriver.

« Ignare, vous ? Avec ce que vous faites ? Vous m'étonnez... Sans compter qu'étant du quartier vous êtes sûrement informé de tout ce qui s'y passe et s'y publie... Mieux que moi, en tout cas. – Je sais quelques petites choses ; par exemple, celle-ci... »

Il sortit de sa poche une mince plaquette d'un certain Samuel Beckett. « Tirage limité, je vous le prête, vous me le rendrez quand vous l'aurez lu, ça ne vous prendra pas beaucoup de temps... – Mais je ne sais pas quand je pourrai... » Alors il décida de tout, comme il allait le faire avec moi par la suite : « Disons la semaine prochaine, ici... Cela vous donnera l'occasion de rendre visite à vos chers libraires ; après quoi, si vous le voulez bien, je vous invite à déjeuner. Vous me ferez part de vos découvertes et de l'effet que vous aura fait la lecture de Sam. Rendez-vous au Flore, même jour, même heure : cela vous va ? »

Ai-je dit « oui » ou « oh oui » ?

Je me rappelle seulement que je le quittai en serrant sur mon cœur ce Samuel Beckett dont je ne savais presque rien, sauf qu'il était auteur de théâtre. Quant à mes découvertes, je venais d'en faire une, pour moi capitale : cet homme.

Ah, ce premier déjeuner ! Comment se fait-il que rien ne bouge en soi pour avertir qu'on est en train de vivre un moment décisif de sa vie ? Un tournant ? Que rien ne sera jamais plus comme avant, jusqu'à la complète extinction des feux ? Que vous allez vers des bouleversements, des vertiges, des douleurs, vers l'allégresse, le sublime, l'horreur... Lui le savait peut-être, si j'en juge *a posteriori* par ce qu'il m'a dit, soufflé entre deux phrases, entre deux plats, comme si de rien n'était, qu'il s'agissait d'une sorte de lapsus, qu'en tout cas cela ne s'adressait pas à moi, que je pouvais faire mine – ce que je fis – de n'avoir rien entendu ?

Je ne remarquai pas non plus où il m'emmena déjeuner. Probablement dans l'une des petites rues du quartier de Saint-Germain, l'un de ces bistrots sans véritable personnalité qui jalonnaient la rue Dauphine et les ruelles adjacentes. Je ne saurais le retrouver ni dans ma mémoire, ni en arpentant les lieux – lesquels d'ailleurs ont changé, comme nous, comme tout...

Peu importe : la trace est en moi brûlante, de plus en plus chaque fois que j'y repense. Me remémore. Tâche de reconstituer bribe à bribe.

Je ne sais même plus comment j'étais habillée, moi

qui fais tant attention à ma toilette ; en tailleur, peut-être : j'en portais beaucoup, à ce moment-là, sur des chemisiers de soie noués, avec un sac Chanel, des chaussures bottier, des collants pâles, ma bague, de petits anneaux d'or aux oreilles... Pas de lunettes : je ne m'admis myope que plus tard.

Quant à lui, il devait porter l'un de ses costumes sans recherche, dans les gris, les beiges, toutefois d'une belle matière un peu rêche, tweed ou serge, avec une cravate sans histoire. Tout était dans le regard sombre et scrutateur, exigeant, sans pardon et aussi dans les mains, longues et rapides, s'approchant d'un trait de ce qu'il voulait prendre ou toucher, pour se retirer encore plus vite, son larcin accompli... Un oiseau plus qu'un prédateur, qui se pose une seconde près de vous pour s'envoler avant d'être pris.

Pourtant il le fut dès ce jour-là. Même si je ne m'en aperçus pas.

Bien que...

« Je vous aime », me dit-il sans changer de voix ni de ton. Au milieu d'une de ces longues phrases qu'il débitait à toute allure, pour conclure : « Je parle trop...
– Mais non, Léonard, ce que vous dites m'intéresse... » Dès le premier jour, j'ai aimé prononcer son prénom pour le saluer au téléphone, ou en m'éloignant exprès de lui afin d'avoir une occasion de l'appeler ainsi : « Léonard... »

Qu'est-ce que ça signifiait, ce « Je vous aime » qui n'était pas du tout dans son genre d'après ce que je savais, devinais de lui, mais lancé sans à-propos dans la conversation, comme un ovni ? À une personne qu'il connaissait à peine et avec laquelle il déjeunait pour la première fois ?

Par la suite, il ne m'est jamais venu à l'idée de lui en parler. J'ai continué de faire comme si je n'avais rien entendu. Rien compris. Alors qu'il avait fait ce qu'il fallait, avec la précision d'un gladiateur qui manie la lance, pour me transpercer jusqu'au cœur.

Car c'est ainsi que nous voulons être aimées, nous, les femmes, au premier regard et pour toujours. Le reste n'est que niaiseries sentimentales, mômeries, fariboles... Le reste n'est que jeu de mains, jeu de vilain... Il n'y a que l'amour fou qui vaille. Verlaine, Rimbaud, Breton, Bataille, Eluard... *Voici venu le jour en trop...*

Mon jour en trop était venu. Je n'avais pas besoin de me le dire. Tout en moi le pressentait. À l'époque, je conduisais tous les jours dans Paris où la circulation était fluide et facile, et je rentrais dans mon quartier en voiture sans proférer un mot. Je veux dire par là que je ne me parlais pas à moi-même, ne commentais rien de ce qui venait de se passer, ne faisais aucun effort pour me le remémorer.

Pas la peine : c'était inscrit. Irrémédiable. Le compte à rebours de cet étrange amour qui ne parviendrait ni à se vivre, ni à finir, venait de commencer.

Sur quels mots nous sommes-nous quittés devant le restaurant ? Y eut-il promesse de se revoir ? Il s'était contenté de noter mon numéro de téléphone, je ne lui demandai pas le sien. Je lui faisais confiance pour ce qui était de nous relier.

Et je ne me trompais pas sur ce point-là si j'avais

tort pour tout le reste... Je veux dire : pour ce qui est de la raison. Mais qu'avais-je à faire, à pas beaucoup plus de trente ans, de la raison ?

Je me répétais son prénom, un prénom d'homme sans féminin : Léonard. Le féminin ne pouvait venir que de moi. À son appel.

*

* *

Je m'étais juré de ne pas vous écrire avant votre retour... Et puis, je crois que j'aime trop votre écriture. C'est vrai qu'elle est plutôt illisible. Mais je la lis très bien. Si vous m'écrivez un jour au bureau, mettez, je vous prie, « Personnel » sur l'enveloppe. En principe c'est moi qui ouvre tout le courrier, avant neuf heures, mais je puis être en retard, ou que votre lettre arrive comme aujourd'hui au courrier de dix heures, et j'aime, voyez comme je suis, ouvrir moi-même votre enveloppe et la garder. Je suis absolument bien avec vous. Je vous ai rencontrée hier dans un bois, par hasard. Vous aviez une jupe brune et un chandail clair. C'était cette nuit. Il faisait un soleil froid et de la buée sortait de votre bouche quand vous m'avez parlé. C'était une chance inouïe de vous rencontrer dans une si grande forêt. Vous vous êtes appuyée un instant sur moi. Nous n'avons pas parlé. Comme vous êtes jeune ! Il y avait une énorme épaisseur de feuilles jaunes bruissantes, pas trop, dans laquelle on s'enfonçait. Aucune trace de tricherie nulle part, le silence. Vous avez entendu un galop, très loin. C'était un cerf, je crois. C'est là que je me suis juré de ne pas vous écrire avant votre retour...

Léonard.

*

* *

Chère, ma chère Mathilde,

Il fait très beau, dans ma rue, et j'ai victorieusement résisté à l'envie que j'avais de vous téléphoner pour plutôt vous écrire ce mot (où je vous apprends ça : que j'ai victorieusement résisté à l'envie de vous téléphoner pour plutôt vous écrire). Si j'étais un écrivain du Nouveau Roman, un début pareil j'en ferais un livre que Lindon éditerait et à qui on flanquerait le Goncourt l'année prochaine au troisième tour de scrutin. J'entrerais à L'Express, *j'y tiendrais brillamment la chronique politique pendant trois mois, puis on finirait par apprendre que je vote pour le comte de Paris, on me ficherait dehors, j'entrerais au* Nouvel Observateur *où l'on apprendrait que j'ai fricoté avec le Nouveau Roman, on me ficherait dehors, j'entrerais aux Éditions de Minuit comme bonne à tout faire. Et me voilà.*

Je vous embrasse.

Léonard.

Y eut-il un autre déjeuner avant que Léonard ne lance les véritables manœuvres ? Dans mon souvenir, la deuxième étape consista en une invitation à le rejoindre, un jour de fin de semaine, dans le pays de Caux où ses parents possédaient une maison depuis plusieurs générations.

Plus tard, je me suis dit que, d'une façon sans doute inconsciente, Léonard avait éprouvé le besoin de me présenter à sa famille comme une presque fiancée qu'on n'est pas encore sûr d'épouser. Il fallait qu'elle plaise et soit reconnue par les siens comme acceptable...

Mais, sur le moment, je ne vis là qu'une invite, plaisante, à aller faire un petit tour dans cette Normandie que je connaissais juste assez pour en apprécier le charme et les rudesses. Falaises, mouettes, galets, vaches noires et blanches, brèves éclaircies précédant l'averse... La poésie du Nord est plus attachante et plus profonde que celle du Midi et, sans que je me le dise, il m'était agréable que cet homme relevât de ce climat-là.

Du moins en apparence, car il avait des traits autres dont, sur l'instant, je ne me préoccupai guère puisqu'il n'avait pas jugé bon de m'en parler. D'ailleurs, pourquoi l'aurait-il fait ? Rien ne se dessinait entre nous, sinon un intérêt mutuel pour des choses peu compromettantes telles que les livres, la littérature, la discussion. M'apprendre qu'il était marié aurait pu passer pour une provocation ou un avertissement encore sans objet : attention, sens interdit !

D'autant que j'étais censée connaître sa situation familiale, bien qu'il ne portât pas d'alliance, de même qu'il ne pouvait ignorer – nous fréquentions un peu les mêmes milieux – que j'étais divorcée.

En fait – et ce fut là notre paradis et notre erreur –, nous ne désirions nous allier que dans le champ du rêve et de la liberté. Là où il n'y a ni obstacles ni entraves. Nous semblions nous y maintenir lorsqu'il m'invita à le retrouver dans ce petit port de pêche où il passait quelques jours de vacances. Il m'y attendrait, me dit-il, dans la rue principale, entre onze heures et midi. Je connaissais un peu la route, laquelle traverse Rouen, la ville de Flaubert, que je salue en pensée à chacun de mes passages, et pour mieux profiter du parcours je partis plus tôt que Léonard ne me l'avait recommandé.

Ma voiture, une grosse Citroën, roulait sans hâte, et je me rappelle que tout au long du chemin, j'écoutai Brassens : une cassette que j'avais enclenchée dans mon autoradio et que je laissais se rembobiner puis repartir dès qu'elle arrivait au bout. La voix familière du chanteur bourru me donnait le sentiment qu'un bras amical m'entourait les épaules pour me pousser vers l'aventure... Sous la protection de Georges Brassens – lequel, tout autant que moi, se révélait sans défense face à l'amour –, il ne pouvait m'arriver rien de mal, que l'amour...

C'est au pas que je pénétrai dans la petite station balnéaire peu fréquentée en ce temps-là. Les pommiers étaient-ils en fleur ? Je continue à ne pas me souvenir de la saison : Pâques, peut-être, ou bien la Pentecôte, puisque Léonard s'était accordé quelques jours hors de Paris.

Soudain, au bout de la rue, j'aperçus la mer en même temps que sa haute silhouette qui venait vers moi au milieu de la chaussée comme pour me stopper. Et c'est ce qui se passa : je me rangeai le long du trottoir. Léonard vint m'ouvrir la portière et nous nous regardâmes, étonnés d'être soudain face à face dans ce petit patelin cauchois, désert à l'heure de midi. Une retrouvaille qui, quoique prévue, nous paraissait aussi aléatoire que notre collision au coin animé du boulevard Saint-Germain !

Brusquement, nous nous éprouvions poussés l'un vers l'autre par la main du destin, et, sentant son emprise, aurions voulu y résister. En vain.

« Avez-vous faim ? » Ce dut être sa première parole, car il était peu favorable aux salutations telles que « Bonjour, comment allez-vous... ? » S'il lui arrivait d'en bredouiller quelqu'une, c'était plus pour en être quitte avec lui-même que par politesse envers autrui. Qu'il fût là en personne devait lui paraître un cadeau suffisant – et ça l'était, fabuleusement. En tout cas pour moi.

De son allure perpétuellement pressée, il m'entraîna au premier étage d'un restaurant sans prétention, tel celui de notre premier déjeuner à Paris. Je me rappelle que les crevettes y étaient exquises – mais brouillage sur le reste : du poisson, peut-être, une tarte aux pommes ? Pas de vin, ce qu'il apprécia : lui aussi ne buvait que de l'eau. Et me buvait des yeux.

En faisais-je autant ?

Je devais être en jupe et non en pantalon – le seul effort de séduction que j'avais déployé. De quoi avons-nous parlé ? Je crois bien qu'il me raconta ses vacances d'enfant entre ses parents, ses frères et sœurs, des cousins, dans la proche propriété familiale. Il aimait nager, surtout marcher, pas du tout naviguer.

Élevée dans le centre de la France, je n'avais connu la mer que brièvement, assez tard, et moi non plus je ne prenais pas plaisir à me retrouver sur quelque embarcation que ce soit. J'avais besoin de cette liberté de mouvement que dispense la marche en campagne ou en forêt... J'apprendrais bientôt que lui aussi.

Après avoir mangé et pris le café, il m'emmena quand même la voir, cette mer grise et verte où nous reviendrions ensemble à maintes reprises.

Il ne m'avait pas touchée, pas même effleurée. N'importe qui d'autre, sur la digue, m'aurait prise par le bras, au moins serré la main à ma descente de voiture – pas lui.

Pourtant, le désir était présent entre nous deux. Palpable. Indéniable. Définitif.

Pour mon compte, j'en eus la révélation à l'occasion d'une scène très brève qui, sur l'instant, m'apparut sans conséquence. Comme il ne pouvait m'emmener où que ce soit – ni dans sa chambre puisqu'il résidait en famille, ni à l'hôtel du coin, tout le monde ici le connaissant –, mais désireux toutefois de s'assurer par les yeux d'autrui que j'étais bien là, venue à son seul appel pour quelques heures seulement – quelle extravagance, à bien y réfléchir ! –, Léonard me proposa d'aller prendre un second café (ou était-ce le thé ?) en compagnie de ses parents.

Ce fut la seule fois que je pénétrai dans cette grande maison familiale où je fis la connaissance de deux personnes âgées que je n'allais plus revoir.

Comme j'avais la conscience tranquille – il n'y avait rien entre moi et leur grand fils marié, père de leurs petits-enfants, si ce n'est une attraction jusque-là purement intellectuelle –, tout se passa le mieux du monde. Je sortis mes meilleures manières, celles pour salon bourgeois, et eux les leurs. Quant à Léonard, il demeura silencieux. Nous écoutant, nous regardant.

Que pensait-il ? Peut-être rien, sinon que tout était en ordre ? Un ordre qu'il s'apprêtait à pulvériser – mais l'envisageait-il ainsi ? Encore eût-il fallu que je sois d'accord ; or, en dehors du fait que j'étais là – mais, après tout, la balade normande était plaisante et l'eût été pour n'importe qui –, il ne connaissait rien de mes intentions. Et moi non plus des siennes.

C'est alors qu'il y eut cet instant où tout bascula. À ma vive surprise, car, jusque-là, je n'avais jamais éprouvé la première du désir pour un homme qui ne m'en avait pas encore manifesté.

Il devait faire un peu frisquet, quelle que fût la saison, car un grand feu brûlait dans la cheminée. Blouson de daim ouvert sur une fine chemise, Léonard se leva de son siège pour s'en approcher, puis resta debout face à moi, dos à l'âtre. Sans doute pour les réchauffer, il jeta ses deux mains vers l'arrière, le tissu de sa chemise se tendit sur sa poitrine et j'aperçus la pointe de ses seins.

Ce fut comme une commotion. Je sentis monter une terrible envie de me lever et d'aller vers lui pour déboutonner en partie sa chemise, introduire mes mains par l'ouverture, toucher, caresser, m'approprier sa peau.

Que se serait-il passé si je l'avais fait ? Le scandale, probablement, mais au moins les choses auraient été claires : je voulais cet homme tout autant qu'il me voulait. Par avance nous nous appartenions.

Troublée par ma subite impulsion issue d'un désir que je ne me connaissais pas, je ressentis l'impérieuse nécessité de m'en aller, et je me levai brusquement. Remerciai, saluai, sous l'œil quelque peu étonné de Léonard, sans doute déconcerté par ma précipitation. Peut-être envisageait-il de m'inviter à dîner dans le même restaurant, et qui sait ce qu'il eût entrepris par la suite – dans ma voiture, à défaut de mieux –, une fois l'obscurité venue ?

Je n'y songeai guère, tant mon émotion m'avait prise de court, et je regagnai au plus vite la quinze-chevaux parquée derrière la grille d'entrée. Comment nous sommes-nous quittés ? Sur un mutuel regard, j'imagine, plus quelques conseils de sa part sur l'itinéraire de retour, que j'écoutai à peine : ne venais-je pas de me perdre ? Peu importait que ce fût un peu plus ! Et je repris la route pour Paris. Seule.

C'était notre première séparation.

Aujourd'hui, je me dis qu'à défaut d'être en mesure de me garder, et puisque j'étais décidée à repartir, Léonard aurait voulu m'accompagner ; tout son être le hurlait, mais, n'est-ce pas, il ne pouvait pas ! Il ne le pourrait jamais – du moins face aux siens.

Reste, et c'était flagrant, que j'étais devenue sans recours son plus profond désir – en même temps que la femme interdite.

*
* *

Non, c'était mieux que je ne rentre que dimanche. Mais c'était bien que nous ayons été deux à penser le contraire. J'aime beaucoup être avec vous, que ce soit dimanche ou tous les autres jours. Je vous ai téléphoné ; vous étiez aux abonnés absents ; ça aussi, c'était très bien : je vous écris. J'ai eu plein, plein de travail toute la journée ; je n'ai pas eu le temps d'allumer ma pipe. Ou plutôt, je n'ai pas eu le temps d'y penser. J'exagère toujours, quand je ne me répète pas. Heureusement que vous êtes là pour me le reprocher. Je compte sur vous. Je peux ?

Léonard.

Voilà encore une chose idiote – cette lettre – qui me fait honte quand je la revois. Mais tant pis pour moi si je manque tant de grâce. Vous le saviez d'ailleurs déjà.

*
* *

J'ai essayé ce matin de vous écrire une lettre pleine de mots. Un désastre. J'en avais pourtant trouvé trois, des noms propres, qui me paraissaient inépuisables : des noms de lieux. Il y avait aussi le mot novembre qui n'a pas, lui, de majuscule : je le découvrais, je ne savais pas qu'il était si beau. Mais j'étais trop égoïste pour supporter un instant le voisinage d'aucun autre. Est-ce qu'on peut faire une lettre avec seulement quatre mots d'écrits ? Est-ce qu'on peut appeler ça une lettre ? Est-ce que ce n'est pas un peu de culot ?

Si.

L.

Quelques jours plus tard, ou moins encore, tant tout délai en quoi que ce soit représentait pour lui une souffrance, Léonard m'invita à lui rendre visite dans son bureau. Une pièce petite et claire située au troisième étage d'un immeuble vétuste dans le quartier qui était le sien, le VIe arrondissement.

Tout de suite je m'y sentis chez moi. À cause de la façon dont il me reçut : j'avais le sentiment qu'il me donnait ici d'emblée tout pouvoir, que j'aurais pu ouvrir à mon gré les dossiers, les tiroirs. Aussi parce qu'il y avait dans ces lieux, dans ce quartier qui aurait dû être le mien – que faisais-je dans le XVIe dont je n'aimais ni l'esprit, ni les habitants ? – quelque chose qui m'avait toujours appartenu. Et que je rejoignais enfin. (J'apprendrais plus tard que ma grand-mère, « montée » au début du siècle précédent à Paris, avait d'abord habité rue de Rennes avec ses cinq enfants, dont ma mère...)

C'est ce qui me frappa dès le début entre Léonard et moi : il m'introduisait à ce qui était en fait à moi et qui m'était jusque-là demeuré inaccessible. Par quel mystère, quelle prédestination. Était-ce par cet homme qui ne m'était rien que je pouvais enfin rentrer dans mes biens ? Ressentait-il la même chose à mon endroit, étais-je la réponse à quelque secrète attente de sa part ?

Je ne l'avais pas vu, et ne le vis pratiquement jamais avec une autre femme, ce qui fait que j'ignore s'il était dans ses habitudes d'être si proche et en même temps aussi retenu, que ce soit en gestes ou en paroles.

Une réserve qui n'était pas pour me déplaire, au contraire. Dans cet espace relativement réduit où il travaillait, elle me permettait déjà de faire du regard le tour des choses qui m'entouraient. Puis de m'examiner moi-même, ou plutôt de laisser venir en surface des sentiments que j'avais jusque-là dû refouler. À commencer par mon sentiment, si fort, d'être en exil.

Qui ne se sent étranger dans sa famille à partir de l'adolescence ? On appartient à la génération qui arrive et l'on ne comprend pas pourquoi ces personnes qui ne partagent ni vos goûts, ni vos aspirations, ni vos attentes, se permettent de se montrer pires qu'autoritaires avec vous, scandaleusement familières. Cherchant à pénétrer votre intimité, vos pensées, vos secrets, à régenter vos désirs sous prétexte qu'ayant été dans leur ventre, nourri, torché par elles, vous faites partie d'elles !

Malentendu dont on souffre et contre lequel on s'insurge jusqu'à ce qu'on finisse par reconnaître que tout ce tintouin, ces exigences mal placées, font partie de l'immense amour qui circule, sans les rapprocher, entre les générations.

J'avais souffert de blesser les miens qui m'aimaient tant, mais je ne pouvais faire autrement si je voulais avancer vers mon propre destin, dans ma liberté.

Même mésentente, quoique d'un autre ordre, entre Pierre, mon ex-époux, et moi : je l'avais aimé, certes, mais sa manière d'envisager la vie heurtait la mienne. Ç'avait été de plus en plus le cas à mesure que nos personnalités s'affirmaient. Lui cherchait l'accord avec la société, voulait agir par les autres et sur eux, alors que ma nature, mon aspiration la plus profonde, longtemps enfouie, me poussait à me tenir à l'écart. « Tu es une artiste ! » me disait mon mari sur le ton de la tendresse. J'étais touchée que Pierre voulût bien reconnaître comme une qualité ce qui était en train de nous diviser : ma tendance, qu'il ne partageait pas, à préférer le rêve au réel.

Une différence de fond qui nous amena peu à peu – parce que nous étions l'un comme l'autre avides de vérité, ce qui paradoxalement nous unissait – à nous séparer.

Toute séparation, fût-elle voulue, consentie, d'avec quelqu'un qu'on estime et qu'on aime, est un drame. J'en restai marquée.

À sa manière, Léonard aussi était marqué. Je le ressentais sans en deviner la raison ni chercher à la connaître. D'autant qu'il ne m'en dit rien, jamais, du moins pour s'en plaindre, et c'est seulement par déduction, réflexion, comparaison, analyse, que le motif de sa blessure initiale finit par m'apparaître et m'atteignit à mon tour : il était juif.

*

* *

Rentré ici, j'étais heureux, heureux de vous avoir vue, j'étais si heureux que je voulais vous le dire au téléphone, mais vous étiez sortie sans doute, on n'a pas répondu, mais j'étais si heureux que je ne m'en suis pas trop soucié, surtout que j'allais vous revoir bientôt. Je me suis dit que j'allais vous écrire tout ça, j'ai ouvert mon tiroir à stylos et là, qu'est-ce que j'ai vu, se pavanant d'un air goguenard ? Votre lettre jaune de ce matin, tranquille. Ah, vos lettres jaunes ! Si ça n'avait pas été vous et mon bonheur – c'est-à-dire vous encore –, je crois bien que je lui aurais dit deux mots, à votre lettre. Mais vous savez ce que c'est, je suis faible – qu'est-ce que je vous disais, tout à l'heure –, et je me suis contenté d'être un peu plus content qu'avant à cause de vous, toujours. J'aime beaucoup, beaucoup, beaucoup vos lettres, même jaunes. Surtout jaunes ? Non, pas surtout : même. N'exagérons pas. J'ai l'odeur de vos cheveux sur mes mains.

Voilà, c'est le matin, je vous dis bonjour, je vais vous téléphoner dans un instant, peut-être que je vous verrai ce soir.

Soudain, comme rien ne semblait vraiment avancer, je passai à l'attaque. Aujourd'hui encore, je ne saurais dire ce qui m'en donna l'audace, si ce n'est que lorsqu'un homme me plaisait, je cherchais d'une façon ou d'une autre à l'entraîner sur les lieux de mon enfance. Pour le confronter à ce qu'il y traînait encore de mes rêves de jeune fille quand je ne faisais rien d'autre, l'été, que lire et attendre le Prince charmant... Quel prétendant ferait le poids ? Cette maison était en quelque sorte ma pantoufle de vair, mais aucun jusque-là – sauf peut-être Pierre – n'avait passé le test avec succès. La plupart trouvaient les lieux trop austères. Peut-être aussi que, me sentant sur mon terrain, je m'y risquais à prendre des allures désinvoltes, ce qui finissait par inquiéter.

« Je viens d'apprendre, dis-je au téléphone à Léonard, qu'on inaugure un nouveau complexe commercial dans la ville proche de notre maison de famille. Ma mère y réside en ce moment. Je vais aller la voir et j'en profiterai pour me rendre à cette réception. C'est amusant, la province, si différent de Saint-Germain-des-Prés... Vous ne voulez pas m'y accompagner ? Cela vous changerait... D'autant que votre entreprise, d'après ce que j'en sais, y sera représentée... Et puis, c'est une belle région, encore peu habitée... »

Léonard réagit à mon invitation en se moquant de lui-même : « Me demander de me déplacer, à moi ? Vous savez, ça ne m'arrive jamais de partir ainsi à l'improviste ! La plupart du temps, je ne quitte ni Paris ni mon bureau ! »

Évidemment, je ne le crus pas.

Infatigable, nerveux dans ses gestes, son allure, cet homme me donnait au contraire le sentiment de n'être que mouvement. Déplacements. Recherche de nouveauté, de cadres différents. Ne m'avait-il pas conviée en Normandie, à deux cents kilomètres de Paris, rien que pour un déjeuner, comme si cela allait de soi ? Alors, prendre le train pour me rejoindre dans ma province, au centre de la France, ça n'était que me rendre la pareille : si je l'avais pu pour lui, ne le pouvait-il aussi pour moi ?

Pourtant, Léonard disait vrai. Pour des raisons qu'il attribuait à l'organisation de son travail, à sa famille, mais qui relevaient avant tout de ses structures internes, tout manquement à ses habitudes, toute sortie hors de son cercle lui étaient pratiquement impossibles.

Était-il saisi par l'angoisse, se sentait-il alors en péril ? Coupable de déserter ce qu'il considérait comme son « poste » ? Le lieu où il croyait devoir demeurer dans une raide immobilité, à guetter en sentinelle les changements du monde ? l'avenir ?

Je ne le lui ai pas demandé, ni cette fois-là, ni plus tard. Je ne savais que me plier à ses nécessités, en fait à son désir – jusqu'au lointain et déplorable jour où je perdis définitivement pied et ne trouvai mon salut que dans la fuite... La séparation, en fait le reniement s'effectua alors sans un mot : la discussion avec Léonard n'était pas de mise, il ne connaissait qu'une raison – la sienne. Ceux qui n'étaient pas d'accord n'avaient qu'à sortir de son champ – ce que je fis après avoir désespérément tenu bon. À cause de ce violent amour, le sien, le mien, qui nous ligotait sans rémission l'un à l'autre.

Mais, cet après-midi-là, après qu'il m'eut téléphoné que, tout bien réfléchi, il viendrait, lorsque je le vis descendre du train, un journal roulé sous le bras, j'étais encore dans ce paisible état de cœur et d'esprit que donne l'indifférence. Avec la satisfaction d'avoir réussi mon coup : Léonard avait répondu à mon invite, il avait surmonté ce qui m'avait paru n'être qu'une objection de principe destinée à donner plus de poids à sa reddition.

Quel grand sourire – de bonheur ? de soulagement ? – quand il m'aperçut sur le quai d'une gare pour lui inconnue ! Non, il ne m'embrassa pas ; non, il ne me prit pas le bras ! Son léger bagage à l'épaule, il se mit à parler avec volubilité, comme il faisait lorsqu'il était gêné, mal à l'aise. Sa parole devait le rassurer en l'enveloppant dans une bulle, un cocon de mots familiers.

Pour moi, j'étais contente. J'anticipais l'étonnement des gens que nous allions rencontrer à ce cocktail d'inauguration d'une petite entreprise qui relevait de sa propre activité. Comment se faisait-il que je connusse le grand, le puissant Léonard, au point de débarquer en sa compagnie à cette réunion de peu d'importance ? Qu'avais-je fait pour le convaincre de venir dans notre petite ville où il déclara à qui voulait l'entendre n'avoir jamais mis les pieds auparavant ? Pourtant, au milieu de cette foule où chacun se déplaçait, un verre à la main, nous ne paraissions guère intimes. Léonard allait de son côté, moi du mien, et quand nous nous adressions la parole, c'était en nous vouvoyant.

Mais peut-être, parmi ces gens dont certains venaient eux aussi de Paris, y en eut-il pour percevoir ce qui émanait de nous à notre insu, expliquant l'insolite de sa présence auprès de moi : le désir.

Pour ma part, je n'y songeai pas et si quelqu'un m'eût demandé pourquoi Léonard était là, j'aurais sans doute répondu : « Par curiosité. »

C'était également vrai : l'attrait de l'inconnu, la recherche de sensations fraîches et nouvelles, n'est-ce pas là le terreau d'un amour à ses débuts ?

Nous nous éclipsâmes avant la fin de la réunion. Il était convenu que j'emmènerais Léonard passer la nuit dans notre maison où se trouvait alors ma mère, et que, dès le lendemain, lui et moi rentrerions à Paris à bord de ma voiture. Une amusante escapade, sans plus.

Quel aveuglement !

C'est ce soir-là, sans que j'aie pensé à le prévoir ni à m'en prémunir – bien qu'ayant tout fait pour l'organiser ! – qu'eut lieu le chavirement qui nous précipita à corps perdu dans l'inconnu.

Une éventualité dont nous n'avions aucunement parlé, Léonard et moi, même à mots couverts ou en plaisantant, et que sa réserve, sa pudeur mâle ne laissaient en rien supposer. Pourtant, ce subit et l'on peut dire brutal basculement dans notre relation allait bouleverser ma vie, tout comme la sienne.

Maman nous attendait avec l'impatience d'une dame d'un certain âge qui, la nuit venant, redoute la solitude. Mon absence n'avait pourtant duré que quelques heures, le temps d'aller chercher Léonard à la gare et de nous rendre au cocktail. Enfin j'étais de retour et, bonheur supplémentaire, en compagnie d'un homme !

Aux quelques mots que j'avais dû lui dire en partant elle avait compris que Léonard était un hôte de marque et ce n'était pas dans la cuisine, où nous prenions d'ordinaire nos repas près de la cuisinière à bois, qu'elle avait fait dresser le couvert pour trois par la femme de ménage – rentrée chez elle au village –, mais dans le salon/salle à manger, une grande et belle pièce aux boiseries de chêne où régnait une imposante cheminée datant de l'époque de la maison, le XVIIe siècle. Un feu y consumait allégrement quelques grosses bûches et Maman, selon son habitude dès qu'elle apercevait un homme – surtout l'un de mes compagnons, sans doute pour se l'approprier également –, sitôt après les premières salutations pria Léonard de lui rendre un service : aller quérir dans le bûcher un supplément de bois !

Je riais sous cape : le travail manuel n'était pas le fort de cet homme, il n'était que de voir ses mains, longues et blanches, effilées, et aussi son air interdit. Je l'accompagnai dans la vaste grange où étaient entreposées toutes sortes de bois : le petit, le moyen, le gros, et l'aidai à extirper du tas ce qui devait suffire pour le reste de la soirée.

De quoi fut-il question à table, je ne m'en souviens guère, depuis le temps, mais j'entends encore la voix de Maman, celle qu'elle prenait lorsqu'il y avait du « beau monde ». Alors qu'il lui arrivait de gémir sur ses malheurs et aussi sur les nôtres lorsque nous étions entre femmes, dès qu'il y avait un invité, surtout un homme, elle était tout sourires, toute gaieté, pour, d'une voix haute et mélodieuse, débiter des propos de bon ton. Manifestement, elle cherchait à faire excellent effet, et même à séduire, ce à quoi elle réussissait pleinement, car tous ceux qui l'ont rencontrée me disent encore, tant d'années plus tard : « Quelle charmante femme était votre mère ! »

Ce soir-là, je lui fus particulièrement reconnaissante de son effort de courtoisie envers mon hôte. Ce lieu, ce cadre, ma mère elle-même faisaient partie de moi et je désirais ardemment que Léonard les appréciât.

Avec le recul, je me dis qu'il devait y avoir du romanesque dans cette demeure de granit isolée en pleine campagne, avec ce grand feu dans une cheminée monumentale, et deux femmes souriantes, élégantes, pleines d'attentions l'une pour l'autre – et pour lui. Une scène droit sortie d'un roman de Barbey d'Aurevilly, ou encore de Balzac. En tout cas, plus tout à fait de notre temps...

Or rien n'est aussi apaisant, tout le monde le sait qui ne cesse de lire et relire des ouvrages sur les mœurs d'autrefois, que ces plongées dans le passé.

Je sentis que Léonard se détendait, prenait ses aises – mieux, en tout cas, qu'au cocktail.

Puis Maman, alléguant une fatigue due, nous dit-elle, à ce qu'en nous attendant elle avait beaucoup marché au jardin et à travers champs, ce qu'elle faisait encore souvent, nous pria de l'excuser et monta dans sa chambre.

Peut-être aussi perçut-elle que j'avais envie, besoin de me retrouver seule avec Léonard dont elle ne savait trop ce qu'il faisait dans ma vie. Moi non plus, à vrai dire, mais lui et moi étions proches, c'était évident. Alors qu'il n'était pas mon amant, je crois qu'il m'était déjà plus intime que ma mère, que j'aimais tant mais qui, de par son tempérament si différent du mien, me demeurait distante.

La nuit était tombée, toutefois j'éprouvai le besoin de sortir de la maison, oui, de m'échapper, d'emmener Léonard ailleurs, loin, le plus loin possible de ce qui avait été ma vie jusque-là.

Il accepta d'emblée.

Y avait-il ce soir-là clair de lune ? En tout cas, c'est sans difficulté que nous descendîmes le jardin en terrasses, par des marches usées, et moussues, puis franchîmes un pré de hautes herbes pour nous retrouver au bord de l'étang.

Je lui expliquai l'importance de cette pièce d'eau poissonneuse où se posaient parfois des canards sauvages, où coassaient des grenouilles et où, enfant, je me baignais dans une eau fraîche et pure.

Léonard m'écoutait sans un mot. À quoi pensait-il ? Était-il en train de préparer son coup ? L'avait-il prémédité depuis tout un moment déjà, peut-être depuis Paris ? N'était-il venu ici que pour ça ? Il se tenait contre moi, sans doute à cause de l'obscurité dans laquelle je lui servais de guide : nous étions tout au bord de l'étang, il ne s'agissait pas d'y glisser.

Soudain, il sc rapprocha encore plus et d'un seul mouvement m'enlaça, m'embrassa. Le noir de la nuit s'étoilait au-dessus de nos têtes. Un chat-huant ulula non loin.

Tout premier baiser est définitif. On peut refuser qu'il ait une suite, on ne reviendra jamais en arrière. Quelque chose a changé entre soi et l'autre. On est entré avec lui dans un autre monde.

Aussi est-ce dans le silence, comme si nous ne trouvions plus rien à nous dire, en fait recueillis, que nous retournâmes vers la maison où le feu continuait de flamber haut et clair.

Pour pénétrer à ma suite dans la maison, Léonard dut incliner la tête, tant la porte en est basse, comme dans toutes ces vieilles demeures qui se protègent avant tout du froid, et nous nous retrouvâmes devant l'âtre où le bois, peu à peu devenu braises, rougeoyait d'autant plus.

Émue par ce qui venait de se passer au bord de l'eau, je ne songeais pas que nous étions de nouveau devant une cheminée, comme chez lui en Normandie où le fait d'avoir deviné sa poitrine sous sa chemise m'avait tant troublée. Mais, cette fois, nous étions seuls. Reste qu'après ce baiser donné et reçu dans l'obscurité, je n'osais le regarder, comme si j'appréhendais d'être confrontée à lui dans la pleine lumière. Je n'avais pas résisté à sa tentative, à croire que je n'attendais qu'elle, et, gênée de m'être aussi facilement laissé faire, je gardais les yeux braqués sur le feu, y tendant les mains comme pour les réchauffer. Au vrai, pour me donner une attitude. Il ne fallut pas longtemps à Léonard pour qu'il me reprît dans ses bras.

C'était à la fois si fort et si tendre que j'abandonnai toute retenue, et c'est dans un même élan que nous nous collâmes l'un à l'autre.

Quand se produisit un incident en lui-même minime, mais qui me sembla symbolique : un bruit de pas !

C'était ma mère dont la chambre se trouvait juste au-dessus de nous, et qui allait et venait... Je ne sais pourquoi, sa présence invisible m'exaspéra et je m'arrachai à l'étreinte de Léonard.

« Il faut toujours que ma mère s'interpose... »

Il m'apparut soudain qu'elle était toujours là, toujours entre moi et l'amour, moi et quelque homme que ce fût, de même qu'en divorçant de mon père elle nous avait séparés, lui et moi...

Gênée d'une sortie qui paraissait dépourvue de sens – il était impensable que Maman descendît de chez elle en tenue de nuit pour venir nous surprendre comme deux adolescents coupables –, j'éprouvai pourtant le besoin de nous isoler, cet homme et moi. Ce qui allait devenir notre lot constant, par la suite... Oui, il fallait vite nous protéger, et je pris la main de Léonard :

« Venez !... »

Par l'escalier en vis je le conduisis jusqu'à la chambre qu'on lui avait réservée et où trônait un grand lit aux montants de cuivre. C'est moi qui m'approchai la première de mon compagnon et entrepris de le déshabiller. Lequel de nous avait fermé la porte à clé ? En tout cas, je me sentis en sécurité, au point que, dans le silence redevenu total, je n'hésitai plus à m'abandonner complètement à son désir et au mien. Rapidement, nous fûmes étendus nus l'un contre l'autre et je sombrai dans une inconscience si profonde, si bienheureuse que je ne me souviens que d'une chose : tout en me possédant, cet homme ne cessa de répéter comme une litanie : « Je t'aime, je t'aime, je t'aime, je t'aime... »

Je l'entends encore.

Dommage que ma vie ne se soit pas arrêtée là !

La réflexion peut paraître étrange et même déplacée, mais j'avais un peu plus de trente ans, déjà vécu ma première jeunesse, j'avais été aimée, quittée, j'avais connu des deuils, des succès, mais là, avec cet homme que je connaissais à peine, je venais d'atteindre à un tel pic de félicité, à une telle plénitude que je ne désirais plus rien d'autre de la vie.

Peut-être aussi, dès le lendemain matin, prévoyais-je le monceau de difficultés qui allait se présenter, et en ressentais-je d'avance la fatigue, la douleur, l'inexorabilité... Il est difficile, des années plus tard, de se remettre exactement dans un état antérieur, du moins sur le plan mental, car pour ce qui est de mon cœur il est resté sur place, inchangé.

En quelque sorte, je n'ai rien vécu d'autre depuis cette nuit-là, du moins à une semblable profondeur.

Une nuit qui, pourtant, ne fut pas complète : au petit matin – est-ce lui qui le proposa, ou moi ? –, nous nous séparâmes sous le prétexte d'aller dormir, nous refaire un peu. Il faut dire que la journée avait été longue et même épuisante.

Je regagnai ma propre chambre, sise à l'étage au-dessus, et dus m'assoupir comme je le faisais à l'époque, d'un coup.

Et puis ce fut le grand matin, sa lumière crue, son agitation. L'aide domestique était là, qui avait rallumé la cuisinière, préparé le café odorant, le pain grillé. Depuis les fermes voisines venaient des bruits de poulailler, d'étable – des vaches se trouvaient peut-être encore dans le bâtiment accolé à la maison.

Après une brève toilette, je me rhabillai, me coiffai, considérai mon visage dans la glace – avait-il changé ? – et dégringolai l'escalier jusqu'au rez-de-chaussée en me demandant qui était levé, si j'étais la première.

Ma mère, férue de grasse matinée, n'était pas encore prête, mais lui l'était. Habillé forcément comme la veille : pour une nuit, il n'avait guère emporté de change. Les mains dans les poches, il contemplait la bibliothèque du salon dont la plupart des ouvrages, quoique sans grande valeur, avaient le charme de l'ancien. Il se retourna à mon approche, rasé, fleurant bon l'eau de toilette, et, sans venir à moi, sans manifester une quelconque complicité, me sourit.

Un homme.

Ce matin-là, il y avait un homme dans cette maison où nous n'étions la plupart du temps que des femmes – et cet homme était mon amant.

J'étais à la fois excitée et effrayée.

Il en fut ainsi, à travers les années, chaque fois que nous nous sommes retrouvés. Ce qui eut bientôt lieu presque tous les jours. Je me dis maintenant que ce double sentiment de satisfaction et d'effroi venait de ce que, tout en savourant le bonheur fou que j'éprouvais à me savoir avec lui, j'anticipais déjà la déception : Léonard allait me quitter, il ne cessait pas de me quitter... Nous n'arrêtions pas, fût-ce en pensée, de voler l'un vers l'autre à seule fin d'être ensemble, mais sans pouvoir le rester. Au moment même où il arrivait, entrait chez moi, je prévoyais déjà qu'il allait repartir.

Du fait que quelque chose d'inexorable l'appelait sans relâche pour le ramener ailleurs, loin de moi. Le pire étant que c'était contre son gré.

Oui, j'aurais mieux fait de mourir ce matin-là.

Il était encore tôt dans la matinée quand ma mère, juste descendue de chez elle, assista à notre embarquement dans la voiture pour repartir : « Vous ne pourriez pas rester encore un peu ? le temps de déjeuner ? » Je percevais sa tristesse d'avoir à se retrouver seule – mais moi je ne l'étais pas ! Je dirais même que je ne me suis jamais moins sentie dans la solitude que ce jour-là, ce qui me rendait insensible à celle d'autrui. J'avais trop besoin de savourer mon étourdissant bonheur, en tête à tête avec Léonard. Et, après un rapide geste d'adieu, nous avons démarré.

Que de fois les ai-je parcourus, ces quelque cinq cents kilomètres à destination de Paris ! En voiture, par le train, pour aller, pour revenir... Je continue de les franchir plusieurs fois par an, le plus souvent seule, avec le chien, et tous ces trajets finissent par se mélanger.

Alors, pourquoi est-ce que je me souviens si précisément de celui-ci, jusqu'aux tournants de la route comme des arrêts où nous reprîmes de l'essence ? Sans doute parce que je ressentais avec raison qu'il ne ressemblait à aucun des précédents, que ma vie venait de prendre un tour nouveau, que je ne reviendrais jamais à mon existence passée. À cause de cet homme assis à côté de moi.

Tandis que je conduisais, Léonard parlait.

Si je nous revois avec une telle netteté sur cette route, je ne me souviens pas de ce qu'il me dit : me raconta-t-il son activité, ses horaires – en fait son rituel, sa façon de vivre ? Je ne crois pas qu'il ait posé sa main sur ma cuisse, comme le font en voiture, à tour de rôle, les gens qui s'aiment.

Certes, nous avions couché ensemble dans un émerveillement partagé – il faut être deux à l'éprouver pour que l'union charnelle atteigne à une telle intensité –, mais nous n'étions pas intimes. Le serions-nous jamais ? Pour l'heure, nous n'avions qu'une pensée : recommencer au plus vite ce qui s'était passé durant la nuit, et pour cela nous retrouver dans un lieu clos, protégé.

Lorsque nous arrivâmes à la porte d'Orléans par la N 20, lequel de nous deux proposa d'aller droit chez moi ? Ou m'y suis-je dirigée sans un mot, comme si c'était en l'occurrence la seule chose envisageable ?

J'habitais seule, avec une chatte siamoise qu'une femme de ménage venait nourrir quand je m'absentais pour quelques jours.

À peine eûmes-nous pénétré dans mon appartement que, sans jeter un regard sur ce cadre où il allait si souvent se retrouver, Léonard me prit dans ses bras. Sans me laisser non plus le temps d'ôter mon manteau. Et nous nous jetâmes sur mon lit, heureux, enfin soulagés : tout au long du voyage, avec quelle muette impatience nous avions attendu de nous retrouver ainsi l'un avec l'autre, loin de tout et de tous !

Je crois que si je me souviens si bien de cette scène-là, c'est qu'elle signifiait quelque chose d'essentiel : ce qui s'était produit entre nous en province, loin de Paris, n'avait pas été qu'un écart de conduite, l'une de ces frasques qu'on se permet en voyage, vite oubliée, reniée, même. En réalité, notre nuit avait signé à l'évidence les débuts d'une violente affaire d'amour.

Puis Léonard s'en alla, ayant besoin, me dit-il, de repasser à son bureau avant la fin de la journée, voir son courrier, où en étaient ses affaires, en fait – je le ressentis ainsi – si tout était encore à la même place après ce qui venait de lui tomber dessus : la foudre.

Prit-il l'autobus, un taxi, son léger bagage à la main ? Je ne m'en informai pas et entrepris moi aussi de tenter de reprendre mes esprits en allant et venant dans mon cadre habituel – étonnée peut-être qu'il fût à l'identique après ce qui venait de m'arriver.

Lorsque le téléphona sonna.

C'était lui.

Il voulait savoir si j'allais bien – plus exactement si j'étais là. Vraiment là. En quelque sorte, réelle.

Comme nous étions convenus de nous voir le lendemain à déjeuner, cet appel me parut n'avoir d'autre motif que de me laisser entendre : « Je t'aime, j'ai besoin de toi, j'ai envie de te revoir... »

Jusque-là, rien que de normal et de gratifiant.

Peut-être aussi me remercia-t-il pour le séjour chez ma mère et le voyage en voiture.

Je raccroche.

Aussitôt le téléphone de resonner !

À nouveau c'est lui ! Ce qui commença à me troubler : il y avait dans son geste quelque chose d'excessif et même d'anormal que jc n'identifiai pas tout de suite comme relevant de la passion – mais qui en était. D'autant qu'au second appel en succéda un autre, puis un autre, puis, dès que je raccrochais, encore un autre, indéfiniment...

Bientôt je ne sus que dire, que répondre, sinon rire, accepter. Finalement, je ne m'éloignai plus de l'appareil, me contentant de décrocher pour écouter sa voix qui n'énonçait que quelques mots : « C'est pour savoir si vous êtes bien là, si vous allez bien... » (Nous nous vouvoyions encore.)

Un autre homme m'eût envoyé des roses, un « pneumatique » – ce moyen de communiquer existait encore à Paris –, Léonard, lui, me recontactait par téléphone comme il allait le faire un million de fois au cours des années qui suivirent.

Il m'arrivait aussi de l'appeler, mais je lui en laissais plutôt l'initiative, d'autant que, la plupart du temps, il me devançait, me surprenant aux heures les plus indues, pour raccrocher et recommencer aussitôt...

Comme il fit ce jour-là où je finis par me sentir dans la confusion ou plutôt l'interrogation : puisque cet homme qui me plaisait (et même plus que cela) éprouvait un tel besoin d'être avec moi, ne fût-ce que par téléphone, pourquoi diable m'avait-il quittée ?

J'aurais pu l'accompagner à son bureau s'il tenait tant à vérifier ce qui s'était passé en son absence, puis nous serions rentrés chez moi pour y passer la nuit. Une nuit complète, entièrement à nous, merveilleuse.

N'était-il pas parti de chez lui pour une journée et une nuit ? Alors ce pouvait aussi bien être pour deux

– et même, qui sait, pour toujours ! Il aurait pu décider de trancher d'un coup avec son passé, comme je l'avais fait lors de mon divorce d'avec Pierre. Pour ce qui est de moi, j'aurais dit oui. Pris le risque de me mettre dans l'instant en ménage avec ce quasi-inconnu. Lequel venait d'envahir totalement ma vie.

Mais c'était ce que Léonard ne pouvait faire ou n'acceptait pas de faire. Il me voulait, moi, tout entière – mais, dans le même temps, il lui fallait garder le reste.

Le plus étrange, c'est que je mis des années à le comprendre. Ou plutôt à le croire. En somme, à l'admettre. C'était si loin de mon tempérament, de ma propre manière d'aimer !

Ces années-là passèrent comme un jour... Car l'attente – j'y demeurais suspendue – fige le temps.

Le lendemain, je suis à peine réveillée que la sonnerie du téléphone me tire du lit. Ce ne pouvait être que Léonard. De cette voix feutrée qu'il prenait pour me parler, sans doute pour nous rapprocher, quand nous étions à distance, il m'informe qu'il vient d'arriver à son bureau et qu'avant même d'ouvrir son courrier – violente entorse à ses habitudes –, il m'appelle pour tout de suite m'entendre, aussi pour me réitérer son invitation à déjeuner.

Je n'ai aucune envie de me retrouver avec lui dans un endroit peuplé, et je lui retourne son offre : pourquoi ne vient-il pas plutôt chez moi ? S'il n'est pas trop difficile, je lui préparerai un repas simple, et ainsi nous serons seuls ensemble. Avec la chatte.

Il accepte d'emblée, m'assurant que moins il mange, mieux il se sent et se porte.

Le matin, à l'époque, débarquait chez moi une dame espagnole d'un certain âge, une républicaine chassée de son pays par Franco et qui, pour vivre, n'avait trouvé à faire que des ménages. Je ne puis penser à elle, disparue depuis longtemps, sans que les larmes me viennent aux yeux. Pilar était un être bon. Après la guerre, il s'en trouvait encore parmi nous, de ces gens qui, du fait que l'existence autour d'eux avait été si précaire, si difficile, mais qu'eux-mêmes étaient restés vivants, avaient cessé de juger autrui : ils se contentaient de l'admettre et de se réjouir de tout ce qui en valait la peine.

Ainsi était Pilar, petite et ronde, les cheveux blancs, toujours vêtue de noir, seule au monde. Vivant dans le XVIIIe arrondissement, maquillée à la manière de son pays, les yeux faits au khôl dès le matin, se montrant toujours enjouée, elle m'aimait. Je l'aimais aussi, pour vraiment découvrir combien du jour où je la perdis. Et elle aimait aussi la chatte comme s'il s'agissait d'un enfant.

Toutefois nous n'avions pas d'intimité. Je veux dire que nous ne nous racontions pas grand-chose sur nos vies respectives. Elle savait que j'étais divorcée, avait entr'aperçu Pierre, les quelques hommes à éclipses qui avaient suivi, et puis plus rien.

À peine est-elle arrivée, ce matin-là, que je lui explique que j'attends quelqu'un pour déjeuner – peut-elle nous préparer un repas : viande grillée, salade, quelques fruits ? Pilar sourit, enchantée, je crois, d'avoir un peu plus à faire que le ménage qu'elle accomplissait à fond et avec légèreté. (Comme toutes les femmes éduquées par les sœurs, en sus de faire à merveille le ménage et la cuisine, elle savait coudre, repasser, soigner bêtes et gens, ce qui n'était pas mon cas.)

Sauf le samedi et le dimanche, Pilar arrivait à neuf heures et repartait à midi. Léonard m'ayant avertie qu'il ne serait chez moi qu'à midi et demi, ils ne se rencontreraient pas. Ce que je préférais.

À l'époque, rien n'était plus facile que de garer une voiture au plus près de l'endroit où l'on se rendait. Pour pénétrer dans les immeubles, nul besoin de code, de parlophone, de quelque entrave que ce soit à la liberté d'aller et venir.

Nous ne pouvions penser qu'il en serait jamais autrement : depuis que nous étions sortis de la guerre, tout, autour de nous, ne faisait que s'améliorer... La nourriture, déjà, était de nouveau abondante, et l'industrie créait sans cesse de nouvelles machines, de nouveaux produits afin de rendre à ceux qui disposaient d'un peu d'argent la vie plus facile et plus douce.

Quand, sur son coup de sonnette, j'ouvris la porte à cet homme grand et jeune – il n'avait pas quarante ans –, j'eus le sentiment de vivre un roman dont nous étions les héros. Rien, à cette heure-là, dans le silence de l'agréable appartement, au quatrième étage d'un immeuble sis dans un quartier paisible, ne nous empêchait de nous aimer. C'est-à-dire d'oublier tout ce qui n'était pas nous. Du moins pendant deux heures.

Lorsque Léonard me quitta sur un coup d'œil jeté à sa montre, sa voiture l'attendait en bas de chez moi, la circulation était réduite, il ne lui fallait que dix minutes pour regagner son bureau et se remettre au travail.

Pour moi, je me retrouvais sans rien à faire. Mais cet après-midi-là, je ne le ressentis pas comme un fardeau, au contraire, j'avais envie de m'abandonner à ce sentiment merveilleux, sans égal, que vous donne un amour partagé.

Je fis bien de rester chez moi car, vers les six

heures, Léonard me téléphone : je lui manque ! Il me manque aussi diablement. Comme c'est bête d'être loin l'un de l'autre quand on se désire autant !

Alors il me propose de venir le rejoindre : à cette heure-là, ses bureaux sont déserts. Je saute sur mes pieds, saisis un manteau, mon sac, et me retrouve dans ma voiture.

La distance qui nous sépare – il n'y avait encore que quelques feux rouges et aucun couloir de bus sur les avenues et le boulevard Saint-Germain –, je la parcours à grande vitesse : comme sur un tapis volant... Je n'ai aucune difficulté à me garer dans sa rue, et, à mon coup de sonnette, il déclenche l'ouverture automatique de la porte d'entrée. Deux étages plus haut, je suis dans ses bras.

*

* *

Ce qu'il y a de bien avec le téléphone, quand on a raccroché (vous savez qu'il faut deux « c » à raccrocher ? c'est quand même étonnant ! Mais le Larousse semble formel. Et un seul « r » à Larousse, en revanche. Quelle belle langue !) c'est qu'on peut commencer de vous écrire. Ce qu'il y a de bien avec les lettres, quand on a collé l'enveloppe, c'est qu'on peut voir votre visage et entendre votre voix comme si vous étiez là, et voici justement que vous êtes là, que j'ai traversé Paris (n'exagérons pas : la Seine) sans m'en être aperçu, et que votre tête est appuyée sur cette épaule, ce bras qui vous écrit, et c'est la nuit et je rêve que je me réveille, et c'est le jour et nous ne nous quittons jamais.

C'est une façon de parler, oui, mais quoi de plus vrai que ce parler-là ? Quand nous sommes dans la même pièce, j'ai quelquefois l'impression d'étouffer (« Eh bien, c'est aimable ! – Non, ce n'est pas ce que je voulais dire... – Vous trouvez ça insupportable, peut-être ? – Eh bien oui, presque. Je vais vous expliquer :) tellement j'ai de choses de vous à la fois. En ce moment il me semble que je sens chacune séparément, j'ai l'impression de vous aimer cinquante fois au lieu d'une. À moins que ce ne soit le contraire (« Ce garçon est idiot, décidément. – Rendez-lui au moins cette justice qu'il n'a jamais prétendu le contraire »).

L.

*

* *

Je finis de lire un dossier, je m'arrête parce que je m'étais dit : après ce morceau, tu t'arrêtes parce que tu as une lettre à écrire. Donc je m'arrête, je prends mon stylo. À ce moment, j'entends des pas dans l'escalier, on frappe, et ma secrétaire m'apporte une lettre de la semaine dernière qui a mis tout ce temps-là à arriver. C'était exprès, c'était pour arriver juste à ce moment, c'est moi qui l'ai fait arriver en prenant ce stylo, sans ça elle serait peut-être arrivée seulement cet après-midi, ou demain, ou l'année prochaine, ou bien jamais. Mais qu'elles ne comptent pas là-dessus, vos lettres : je suis toujours là pour les recevoir, pour les appeler, pour aller les chercher au cas où elles se perdraient.

J'ai été me promener au parc de Saint-Cloud que je ne connaissais pas : je m'y suis perdu. Il y avait comme une tempête, des rafales de vent et de pluie, un sol tout détrempé. Quand je me suis retrouvé, cette promenade-là m'avait plus ragaillardi que toutes celles de l'année passée – et a fortiori *des précédentes. Comment vous expliquez-vous ça ?*

Vous pouvez vous appuyer.

L.

Au début, on a si peur : que l'autre s'envole, qu'il disparaisse, que ce prodige qu'est une rencontre amoureuse se révèle une illusion, ne dure finalement que quelques heures, quelques jours, quelques semaines... Oui, on tremble.

Je tremblais. De plus en plus.

Pourtant j'avais de quoi me rassurer. C'était Léonard qui, dès le restaurant, m'avait le premier dit « Je t'aime », puis avait bouleversé ses habitudes pour me rejoindre en province, et, depuis lors, ne cessait de m'appeler au téléphone avec tant d'ardeur, dans ce qui m'apparaissait comme le don total de sa personne, que je pouvais penser que le sort en était jeté : qu'il n'aimait plus que moi.

Il me le déclarait, en tout cas.

À partir de quoi j'aurais pu, comme font tant de femmes, me laisser aimer, sans plus.

Mais face à ces manifestations d'amour renouvelées, à une demande si pressante qu'elle semblait ne pas connaître de limites, je ne songeais pas à me préserver. Pourquoi me défendre contre la passion ? Dans quel but, sinon médiocre ? D'autant qu'elle est par nature contagieuse...

Après un moment de saisissement devant cet étonnant débordement, j'y succombais à mon tour pour me retrouver bientôt au même niveau que lui. Plus éprise, même, puisque j'en oubliais que nous n'étions pas à égalité : lui était marié, possédait un foyer, deux enfants auxquels il tenait, alors que j'étais libre. Totalement libre d'aimer. Sans attaches. Entièrement disponible.

Ce qui ne pouvait échapper à Léonard et qui l'amena à se montrer jaloux et même tyrannique – un défaut chez l'amant qui, lorsqu'on est amoureuse, apparaît d'abord comme une qualité.

Cet homme me voulait pour lui tout seul. Sans réserve. (Il me poussa à rompre avec quelques anciens amis trop présents à son gré, et à ne plus revoir Pierre...) Comment a-t-il pu aussi vite me convaincre que l'isolement, quand on aime, est le seul chemin à prendre ? comment ai-je pu l'accepter ?

Ma soumission découla surtout du fait qu'étant ou non avec moi, il ne me lâchait pas. D'autres hommes m'ayant possédée, décidés à poursuivre notre relation, m'auraient envoyé des fleurs, des cadeaux ; Léonard, lui, ne m'en fit que deux ou trois, fort minimes, au cours de ces longues années d'amour fou. En fait, il m'accorda plus que des présents : sa présence ! Le sentiment constant qu'il ne cessait d'être avec moi. Alors qu'il ne l'était qu'en pointillé : à peine quelques heures chaque jour.

Au début je ne m'en formalisai pas. Je me disais qu'on ne rompt pas d'un jour sur l'autre avec des années de mariage, qu'il lui fallait du temps pour se retourner, que je devais le laisser agir à sa guise, qu'un homme tel que lui ferait forcément ce qu'il fallait, ce qu'il estimerait juste et honorable, mais en temps et en heure... D'autant que la pression qu'il exerçait sur moi devenait si forte que j'éprouvais, de mon côté, le besoin de respirer, de me reprendre un peu – du moins le croyais-je !

En réalité, Léonard m'occupait corps et âme et je le sentais avec moi, en moi, même quand il n'y était pas !

Comment s'y prit-il ? Extrêmement observateur, doué d'une mémoire redoutable, il retenait le moindre de mes mots, en tirant des informations aussi bien sur mon entourage que sur mes faits et gestes ; de sorte qu'il savait heure par heure où j'étais, avec qui, à quoi je m'occupais.

Sans compter qu'il débarquait chez moi tous les jours à l'heure du déjeuner – pour me prouver qu'il m'aimait, certes, mais aussi, en quelque sorte, pour vérifier quel genre de vie au juste je menais !

On pourrait parler ici d'emprisonnement – mais n'est-il pas consenti et même désiré lorsqu'on aime ? On se veut l'esclave de l'autre, plus que sa moitié, son double, son être, sa vie...

En quelques semaines, cet homme, sans vivre avec moi, réussit à me convaincre qu'entre nous ce devait être la fusion complète ! Je me laissai donc envahir, accaparer, enlever sans résistance à moi-même comme à mes proches par une vague d'amour qui grossissait de jour en jour.

*

* *

Où êtes-vous ? J'ai téléphoné tout à l'heure, vous étiez déjà partie. J'ai eu l'impression que c'était au loin, très loin. Pourquoi ? Pourquoi si loin, ou pourquoi cette impression ? Je ne sais pas. Peut-être que je me trompe... je me trompe si souvent ! D'ailleurs, cette lettre-ci, c'est juré, je ne vous l'envoie pas. Vous ne la lirez – peut-être – que dans le cas où je me serais effectivement trompé. C'est une lettre « jaune ». Comme j'aimerais n'en jamais écrire !

Est-ce que vous allez revenir ? Il est dix heures. Dans trois heures, je vous aurai appelée. Je saurai si je suis stupide ou malheureux.

*

* *

Lettre pour vous dire bonjour,
ce matin

Est-ce qu'il pleut, fait-il un temps glacial, ou soleil, je crois qu'au fond ça m'est tout à fait égal. J'aime votre escalier, les tapis rouges et les murs qui jurent avec, j'aime les deux meubles peints en gris dans l'entrée, les fleurs séchées du salon, le tourne-disque éclopé, le désordre de votre bureau, le dictionnaire Robert par terre, la table basse et le divan de la pièce du fond, la corbeille des chats et la glace de la salle de bains, les rideaux de votre chambre, et aussi le tapis un peu trop grand du salon qui rebique dans un coin, la machine à attraper les mouches avec du vinaigre, le cagibi à robes et à chapeaux, la barre fixe dans l'embrasure de la porte, la tour Eiffel, les disques des Beatles, et comme vous vivez et comme vous êtes, et votre voix, et l'odeur de vos cheveux, et vos mains – je ne sais pas si vous voyez bien ce que je veux dire.

À quelle heure arrive le courrier, chez vous ?

Léonard.

*

* *

Toutes les phrases que je veux te dire, j'aurais envie de les commencer par : J'aime. J'aime ta façon de marcher, de regarder, de t'appuyer ; j'aime comme tu travailles, comme tu parles de ton travail ; j'aime l'odeur de tes cheveux à leur naissance, tu sais, là, en haut du front ; j'aime que tu sois toujours libre et toujours là, toujours là et toujours libre ; j'aime que tu saches si bien taper à la machine, faire la cuisine en parlant d'autre chose et en te promenant ; j'aime les pièces de ton appartement qui sont chacune un aspect de toi ; toi couchée en travers de ton lit, allongée sur le tapis à lire Play Boy *au risque – mais non, tu es bien trop adroite et sûre – de te heurter, en te relevant, au coin du plateau de glace de la table basse, assise à recopier du Blanchot à la machine, ou couchée de nouveau à lire, ou debout, enfin, à te promener en faisant cuire des escalopes ; j'aime les fleurs séchées, tes robes, la chaleur du débarras que les chats n'ont pas encore découvert, du moins à ma connaissance ; j'aime ta façon de parler, de ne pas parler, de toucher les choses, de penser, de danser, de skier, de toujours faire la chose juste juste au moment qu'il faut, ta façon d'être toi ; j'aime ta façon d'avoir plaisir.*

Mais assez parlé de moi.

Mais suis-je capable de parler d'autre chose ? (Bien sûr que non.)

L.

*

* *

Tu n'étais pas là. Mais j'avais apporté un mot pour le cas où.

Ce mot, quel mot ?

Jetaime.

C'est un mot nouveau.

L.

Telles furent ses premières lettres.

D'une écriture dont le trait fortement appuyé exprimait la vitalité et qui, de la suscription à la signature, est d'une lisibilité totale. Si Léonard se refusait à officialiser si peu que ce fût notre liaison, il ne s'en cachait pas non plus : lorsqu'il venait chez moi, c'était ouvertement, saluant au passage certains locataires qui finirent par le reconnaître, et j'étais bienvenue à son bureau où les employés m'eurent vite identifiée.

De même, la claire calligraphie de ses épîtres donnait à penser que ce qu'il m'écrivait pouvait être lu par tout le monde, et qu'il ne renierait en aucune occasion les sentiments qu'il y dévoilait – d'ailleurs il ne me demanda jamais de les détruire.

Si j'entre dans ces détails, c'est pour tenter de justifier à mes yeux mon illusion : face à une attitude aussi ferme, comment m'imaginer que la situation entre nous n'évoluerait jamais, bloquée qu'elle était dès le premier jour ? Que je resterais la femme d'à côté, comme on dit aujourd'hui, et que le fait de me sentir arrêtée sur le bord de la route, à voir circuler les autres, finirait par me rendre si malade ?

Malade de quoi ? D'abandon ?

Je ne l'étais pas, puisque cet homme m'aimait passionnément, me cernant, me serrant de près à toutes les heures du jour et presque de la nuit : ne trouvait-il pas moyen de m'embrasser par téléphone, que ce soit de son bureau, ou du lit qu'il s'était fait dresser dans son salon, avant que je ne m'apprête à me coucher et à m'endormir ?

Même si j'étais solitaire – ce qui était vrai –, je n'aurais pas dû me sentir seule.

Quand je relis ses premières lettres, vouvoyantes puis tutoyantes, il me semble voir un bel oiseau, tel le paon ou quelque autre volatile paré de ses plumes précieuses, en train de faire sa cour à quelque autre volatile. J'ai envie de rire – et aussi de pleurer. Car j'ai de poignants regrets : ceux ne pas avoir été capable de m'en suffire, de cet amour tronqué, plus rêvé que vécu, mais d'autant plus absolu.

Regrets, nostalgie, quel mal me font ces lettres ! Au point qu'il m'a fallu attendre des années avant d'avoir le courage de les relire.

*

* *

Place du Trocadéro, 14 heures

Comme je m'ennuie de toi déjà et comme je suis heureux. Mais assez parlé de moi ! Il fait très très beau et comme tu es près de moi[1]*. Je (fume) le petit cigare que j'*[1]*ai allumé tout à l'heure à côté de toi. Il va tenir jusqu'à mardi.*

L.

1. *Encore moi !*

Dès la première semaine suivant notre retour débuta un incessant manège de son quartier au mien, à croire que nous étions deux araignées – peut-être la même ! – occupées à tisser leur toile pour, de deux gîtes, n'en faire plus qu'un.

En fait, il ne pouvait quitter son bureau sans m'appeler et comme je sentais son regret, égal au mien, de ne pas me souhaiter le bonsoir en personne, au bout de deux jours je n'y tins plus : « Attends-moi, j'arrive ! »

Une fois dans ma voiture, aidée par la fluidité de la circulation, je ne mis pas plus de dix minutes pour me retrouver auprès de lui.

Brève visite qui atténua quelque peu la souffrance de la séparation : c'est comblée de baisers que je retournai seule chez moi.

C'est ainsi que je pris l'habitude, soir après soir, de traverser la Seine pour quelques instants de bonheur. De plénitude.

Il prenait parfois à Léonard l'envie d'en faire autant et il débarquait chez moi, avant de rentrer chez lui, me souhaitait une bonne nuit, puis repartait sans avoir ôté son manteau.

Une folie qu'on pouvait se permettre tant l'époque était favorable aux amoureux.

*

* *

Il ne fallut que peu de jours avant que ne s'établisse entre nous un mode de vie qu'en pleine possession de mes moyens – c'est-à-dire non-amoureuse – je n'aurais certainement pas accepté.

À quelles extrémités – on peut même dire à quelles aberrations – vous pousse la passion ! Il suffit de relire *Histoire d'O* pour s'en convaincre... Je ne pense pas que Dominique Aury – qui signait alors Pauline Réage – ait elle-même vécu le dixième de ce qu'elle relate dans son fameux ouvrage, du moins l'a-t-elle conçu dans les moindres détails. Si je ne faisais pas, comme elle, dans l'érotisme, je me payais des fantasmes tout aussi extravagants : puisque Léonard ne pouvait pas, ne voulait pas vivre avec moi, et que, de jour en jour, sa présence, son contact me devenaient plus nécessaires, vitaux, même, j'imaginais – sans le lui avouer – de vivre dans la cave du petit immeuble qui était sa propriété et où il passait le plus clair de ses journées. Ainsi, à toute heure et pas seulement à celle de midi, il pourrait venir me voir, me faire l'amour, éventuellement me nourrir.

À y repenser, il me semble que cette insanité venait du fait que je ne savais que faire de moi le reste de mes journées. L'amour m'avait dotée de forces considérables qui restaient sans emploi.

Je n'avais même pas à préparer notre léger déjeuner

ni à m'occuper de la maison ou à acheter le poisson pour la chatte – Pilar se chargeait de tout. Bien sûr, j'avais une occupation : dessiner. J'illustrais des livres pour enfants dont j'écrivais aussi le texte. Ces petits albums étaient colorés, naïfs, et Léonard sembla tout de suite les apprécier, prétendit même les admirer.

Mon éditeur se disait content, m'en redemandait, mais sans me précipiter. Je pouvais travailler à ma guise, le plus souvent l'après-midi, devant la télévision que j'écoutais sans la regarder. Ces petits contes, ayant pour personnages des animaux, me venaient en marchant dans la rue, en faisant ma toilette... J'étais fière de voir mon nom imprimé sur la couverture de ces jolis albums aimés des enfants.

Toutefois, je n'aurais pu en vivre ; pour ce genre d'ouvrages destinés aux tout-petits, les droits d'auteur sont minimes, et c'est grâce à la pension plutôt généreuse que me faisait Pierre que j'avais pu conserver un train de vie presque semblable à celui que nous avions lorsque nous étions mariés.

Il faut dire qu'à l'époque, les loyers n'étaient pas très élevés et le prix de l'essence encore moins. Quand j'allais voir ma mère en province, elle m'entretenait, et comme il n'était pas d'usage pour une femme seule d'entreprendre un voyage à l'étranger – je n'en avais d'ailleurs aucune envie –, je ne dépensais rien de ce côté-là.

J'attendais qu'on m'emmène. Qu'un homme m'entraîne et m'accompagne dans tous les endroits du monde que je souhaitais visiter : l'Italie, l'Irlande, l'Égypte, l'Amérique du Sud, Venise... En compagnie de Léonard, c'eût été l'enchantement. Je nous voyais déjà embarquant dans l'un de ces longs courriers, dits *Constellation*, qui en quelques heures vous changeaient de continent et de vie...

Après l'avoir rencontré, j'espérais que ces départs seraient pour bientôt, par exemple au moment de certaines vacances. Je me trompais : nous ne quitterions jamais la France ensemble.

Nous allions seulement – mais l'ai-je vécu ? n'est-ce pas encore l'une de mes fantaisies, l'un de mes contes pour enfants ? – parcourir à pied des milliers de kilomètres. En circuit fermé !

Le plus étonnant, c'est que je ne m'en suis pas lassée : c'est avec le même élan que je me précipitais à sa suite, le samedi et le dimanche matin, lorsqu'il venait me chercher pour un périple que d'avance je savais identique aux précédents.

Pourtant, à chaque fois, c'était comme si je partais avec lui pour toujours, il tenait à monter me chercher et son sourire, lorsque je lui ouvrais la porte, était si heureux ! Comme pour m'annoncer qu'enfin nous étions libres d'aller où nous voulions, et que ce serait sans retour... Mais non : quelques heures plus tard, il me ramenait chez moi, les jambes coupées, épuisée. Mes voyages d'amour avec cet homme, je les ai faits sur place. La plupart en Ile-de-France. En esprit, en somme.

Je n'en garde pas moins dans mon corps des sensations puissantes et, sous mes paupières, quand je les clos, des images de parcs et de forêts que personne ne pourra jamais me reprendre.

*

* *

Sur une feuille d'agenda, un mardi 27 septembre :

J'aurais aimé te voir ce soir. Je suis monté en voyant la lumière. Tu me promets de dormir. Je t'embrasse.

Bonjour.

Il n'y a pas d'âge pour aimer les peluches. Si on n'en détecte aucune traînant sur les divans et les fauteuils des hommes politiques, la plupart des artistes n'hésitent pas à en trimballer de tous formats dans leurs bagages, sous leur bras, pour les laisser trôner au vu de tous dans leurs intérieurs. Le prétexte, qui ne trompe personne, à cette débauche d'enfantillages étant justement les enfants, voire les chiens.

Léonard et moi, qui n'avions pas d'enfant ensemble ni de chien, n'y avons pas échappé. D'une façon d'abord subtile, mais qui finit par devenir envahissante.

Lequel de nous a commencé ? Peut-être lui. Il lui arrivait souvent de retourner son vif sens de l'humour contre lui-même, et, un beau jour, jugeant qu'il avait le nez un peu long, il se traita d'éléphant – par écrit, ou plutôt par dessin. D'épître en épître, la trompe dudit animal – qui lui tenait même lieu de signature – prit des proportions fantastiques, devenant lasso, nœud coulant, ondulant sur toute la page, telle aujourd'hui la queue du Marsupilami, célèbre personnage de dessin animé.

Je ne voulus pas être en reste et décidai, sans doute

pour affirmer ma féminité, que s'il était l'éléphant, j'étais le kangourou bien calé sur ses pattes postérieures et la poche ventrale entrouverte.

Le délire était en marche. En sus des dessins, il y eut des figurines en toutes matières et de toutes dimensions. J'allai jusqu'à en fabriquer moi-même en céramique – l'éléphant était bleu, le kangourou rose ! De fait, je me trouve encore à la tête d'une impressionnante collection de petits mastodontes en ébène, en plastique, en porcelaine, etc. dont l'un tout en peluche est d'une mollesse attendrissante.

Faut-il y voir le signe d'une débilité particulièrement navrante chez des gens évolués ? Peut-être, mais, pour moi, il s'agit avant tout d'un retour à l'enfance stimulé par ce profond mouvement inconscient qui a partout et de tout temps favorisé la naissance des symboles, à commencer par celle des totems chez les peuples primitifs.

S'il n'y avait pas possibilité de vie commune entre Léonard et moi, il y avait assurément fusion sur le plan de l'inconscient et des mythes – ce que l'apparition du kangourou et de l'éléphant manifesta hautement et durablement.

En revanche, sans doute parce que chacun, à notre façon, et avant même de nous connaître, étions férus de beau langage, jamais nous n'employâmes, fût-ce dans les moments les plus intimes, un vocabulaire que j'appellerai « gâtifiant » : point de diminutifs ni de surnoms abaissants, de locutions plus bêbêtes qu'amoureuses, ces multiples inventions verbales destinées à instituer entre les couples un langage à part, un jargon pour deux.

Je crois que nous nous portions trop de respect pour bêtifier ainsi, déjà l'un vis-à-vis de l'autre, mais aussi pour parler des livres que nous échangions, nous prêtions, nous offrions mutuellement et dont nous discutions indéfiniment.

N'oublions pas que c'est à propos de livres – ceux que j'avais alors sous le bras – que nous avions lié connaissance dans le quartier de Saint-Germain-des-Prés et que Léonard m'avait tendu la plaquette de Samuel Beckett qu'il tenait à la main. Les livres allaient devenir nos mots de passe, les maillons de la chaîne qui nous reliait au-delà des contingences, des silences et des manques, et qui ne cessa de se resserrer : toute nouvelle lecture, l'apparition d'un écrivain – ils éclosaient alors en abondance – nous incitant à des comparaisons et à des rappels de textes engrangés dans cette bibliothèque virtuelle qu'au fur et à mesure des parutions, nous avions constituée entre nous deux.

Ce qui n'empêchait pas les différends, bien au contraire : tout en marchant en forêt ou en sillonnant les interminables allées du parc de Versailles, il nous arrivait de comparer le dernier Duras avec le précédent, d'évoquer un texte de Paulhan, de Queneau, de Butor pour exprimer nos préférences, nos rejets, nos critiques.

En un sens, Léonard était plus ouvert que moi à ce qu'on appelait à l'époque le « Nouveau Roman », dont il m'offrait les nouveautés dès leur parution. Il montrait un véritable goût pour ce que je qualifiais parfois d'« absurde », qui tenait sans doute chez lui à un sens de l'humour exacerbé.

Ce qui pouvait passer ici pour une qualité – on n'est

jamais assez attentif à la nouveauté, ni suffisamment disposé à accueillir et comprendre l'art moderne – le jetait trop volontiers dans l'irréalité.

Quiconque se complaît aux contrepèteries, aux jeux de mots, aux recherches formelles, en oublie parfois de vivre. Et je sentais que le si vif plaisir que prenait Léonard aussi bien à Ionesco qu'à Beckett ou Robbe-Grillet l'entraînait, comme par glissade, à ne pas prêter assez attention à ce que j'appelais, moi, la vie.

Notre vie.

Quel bel alibi au non-vivre peut constituer l'art – peinture, musique, littérature ou autres – alors que sa manifestation relève avant tout de l'abstraction ! Que d'hommes, créateurs ou simples amateurs, se précipitent, comme Léonard, dans les fantasmagories voire dans les élucubrations de l'imaginaire, s'y enfoncent comme on se noie afin d'éviter de prendre conscience d'une trop concrète réalité : la souffrance de la femme à leurs côtés.

Éléphant tout content d'être avec un kangourou.

Chahuté par les premières vagues de l'amour, on ne songe guère à s'étonner des grands et petits évènements qui lui font escorte – dus au hasard, semble-t-il. Ou même préposés à révéler sa nouveauté au monde, tels les miracles autour de l'Enfant Jésus. Ce qui fait qu'en ces commencements prodigieux, aux yeux des amoureux qui ne vivent plus sur terre, bien des faits hors du commun semblent dans l'ordre des choses alors même qu'un tel faisceau de coïncidences devrait les laisser proprement sidérés.

Que de fois je me suis approchée du téléphone, le décrochant avant qu'il ait sonné, pour entendre la voix de Léonard qui m'appelait. Cette simultanéité nous faisait rire, sans plus : à nos yeux, elle n'était qu'amusante. Il nous arrivait aussi de prendre la parole en même temps pour exprimer exactement la même chose...

Moments de grâce qui me faisaient oublier ceux où je prenais douloureusement conscience du caractère invivable, à long terme, d'une situation à laquelle ni l'un ni l'autre n'envisagions d'issue. Dire à quelqu'un, comme il me le répétait : « Je t'aimerai toute ma vie », n'engage pas à grand-chose quand, dans le quotidien, on ne la partage pas.

Est-ce parce qu'elle m'a frappée, fût-ce inconsciemment, comme le symbole de notre union qui, aussi étroite fût-elle, demeurait virtuelle, mais je me souviens avec précision d'une certaine scène. Le porte-clés qui tenait ensemble celle de mon appartement et celle de ma voiture s'était brisé. J'émis devant Léonard le souhait de m'en procurer un autre, mais je ne savais pas où il s'en vendait, leur mode n'ayant pas commencé à faire fureur sur le plan publicitaire et commercial : on n'en trouvait pas à tous les coins de rue.

Ce jour-là, en avance sur mon rendez-vous à son bureau avec Léonard, je flânais sur une petite voie adjacente à la rue de Rennes quand je me trouvai face à une boutique disparue depuis lors pour faire place à des « fringues », laquelle proposait de l'outillage, des couteaux et... des portes-clés. Aubaine !

Croisant les mains derrière mon dos – ce détail est important, car le geste ne m'est pas habituel –, je me penche en avant pour les examiner un à un dans le but de faire mon choix. Je demeure immobile, hésitante, aucun d'eux ne me plaisant vraiment, lorsque je devine qu'un léger objet vient d'être déposé entre mes doigts. Comme je n'ai pas senti qu'on s'approchait de moi par-derrière, je sursaute, presque prise de panique, et me retourne : c'est Léonard, souriant de toutes ses dents.

Et ce qu'il vient de me glisser dans la main, tout tintinnabulant, c'est justement un porte-clés ! Bien plus joli que tous ceux exposés en vitrine. Ainsi, il m'a précédée dans cet achat, et nous éclatons tous deux de rire !

On pensera que ce n'est là qu'un de ces petits faits qui se reproduisent mille fois au cours de la vie à deux. Mais justement, lui et moi n'avions pas de vie commune, sauf quelques heures comme volées durant le jour, et jamais la nuit ; en outre, Léonard ne me faisait pour ainsi dire jamais de cadeaux.

Ou bien rarement : une autre fois, à je ne sais plus quelle occasion, ni où il trouva cette élégante parure, il me fit présent d'une ceinture en métal doré composée de plusieurs chaînettes. Ravissante, juste à ma taille qu'il avait donc dans l'œil. Je l'ai portée longtemps sans penser qu'il m'avait offert, à son insu comme au mien, le cruel symbole de notre relation : une ceinture !

Il en allait un peu de même pour le porte-clés sur lequel ne se trouvaient que les miennes, aucune des siennes ! Celles de nos trousseaux respectifs restaient différentes, ne servant pas aux mêmes portes : signe évident que nous n'avions rien à partager, que nous ne posséderions jamais rien sur cette terre qui fût à nous deux ensemble. Sauf l'amour.

*

* *

Mille et un éléphants courent dans tous les sens à la recherche de Mathilde, pour l'embrasser. Il y en a un pour chaque jour où elle n'est pas là, et même plus : pour chaque heure. Mais quand même, cela ne la remplace pas. Oh, ils le savent bien, allez. Mais les éléphants, c'est comme ça : on ne peut pas leur en vouloir. Ou plutôt si, on peut, mais c'est

leur caractère, voyez-vous. C'est pourquoi les gens disent que les éléphants sont une sacrée engeance, et qu'il vaut mieux ne rien commencer avec eux. Vous savez comment sont les gens : il ne faut pas les écouter. Ou plutôt si, il le faut, mais ça n'avance à rien, c'est trop tard. Tant pis. Ou plutôt non, tant mieux.

*
* *

Vendredi,

N'oublie pas de rentrer, ce soir. Je t'attends (en travaillant comme un forcené, un forçat, un forcenat). Comme j'aime tes lettres !

Ce dont souffre avant tout l'humanité, c'est qu'elle ne sait pas rester immobile, contrairement à la plupart des animaux qui se révèlent constants jusque dans leurs migrations. Depuis les temps préhistoriques, l'homme veut progresser, aller de l'avant, sans cesse il lui faut « autre chose » – comme le savent et y pourvoient si bien les fabricants de nouveautés.

En somme, tout se démode chez les humains, même l'amour.

Je n'échappai pas à cette exigence : au fur et à mesure que les jours passaient, de Léonard je voulais plus et mieux. Du définitif, du durable. (Mais l'aurais-je eu à ce moment-là que j'aurais probablement désiré autre chose : un autre homme, peut-être...)

Ses protestations d'amour ne me contentèrent plus tout à fait, non plus que ses visites quotidiennes ; je le voulais aussi la nuit. Ce qui, de la part d'une fille amoureuse, est bien naturel, je l'admets – mais je ne savais trop comment le lui faire entendre. Réclamer n'est pas dans ma nature, je me contente d'être là, de signifier par ma présence que je suis à disposition. Que j'attends. À l'autre de proposer.

Nous en étions à ce point lorsqu'un incident d'apparence minime me fit l'effet d'un cataclysme. Il s'agissait d'une courte phrase qui ne m'était pas adressée, mais qui brisa net la féerie, me tirant de mon rêve d'amour absolu.

Ce jour-là, nous revenions de notre promenade d'après-déjeuner et, pour ne pas le quitter sur-le-champ, au lieu de sortir de sa voiture, une fois devant chez moi, j'offris de l'accompagner jusqu'à son bureau. Je rentrerais ensuite par d'autres moyens. Le fait est que je redoutais de me retrouver seule jusqu'au lendemain midi. Il avait beau me téléphoner deux ou trois fois dans l'après-midi, entre chacun de ses rendez-vous, m'envoyer parfois un pneumatique depuis le bureau de la poste en rentrant chez lui, plus le soir tombait, moins je me faisais à son absence.

Il avait l'habitude de déposer sa voiture dans un garage situé juste en face de son bureau. Il y en avait beaucoup dans Paris, à l'époque, qui faisaient parking en plus des réparations mécaniques, et pour des prix modiques. Sans compter qu'ils avaient aussi des pompes à essence. Posséder un véhicule en ville dans ces conditions ne présentait que des avantages.

Ce garage-là a disparu, comme presque tous ses pareils ; pourtant, je le revois comme si je m'y trouvais encore. Avec la précipitation un peu hautaine qui le caractérisait, Léonard s'y engouffra – autre facilité : aucune barrière n'en protégeait l'entrée. Nous descendons du véhicule tandis qu'un mécanicien s'en approche pour le conduire dans les étages. Alors Léonard lui jette : « Pas la peine, laissez la voiture ici, ma femme va venir la chercher ! »

Je me sentis foudroyée, je crois qu'il n'y a pas de

meilleur terme pour définir la commotion qui me frappa à tel point que je dus aller m'asseoir, plus exactement me laisser tomber, jambes coupées, sur les marches d'un escalier métallique adossé à un mur. Léonard vint vers moi, se demandant probablement ce qu'il me prenait de m'asseoir sur ces marches noirâtres, salies par l'essence, l'huile de vidange, et je m'entends encore lui lancer : « Je croyais que ta femme, c'était moi ! »

C'était irréfléchi, instinctif, énorme d'inconscience, mais cela sortit de ma bouche comme un boulet – et en provoqua les dégâts !

Interloqué, Léonard me regarda avec stupeur. Malaise aussi, j'imagine. Peut-être finit-il par me dire : « Viens, tu vas te salir, ne restons pas là... » En plus d'être sous le choc de mon accusation, il devait se sentir gêné par la présence des employés du garage qui avaient peut-être entendu, en tout cas qui m'imaginaient prise d'étourdissement pour me livrer à un acte aussi inconsidéré que me traîner dans la crasse de leur atelier.

Je ne sais plus. J'ignore si Léonard me fit monter jusque dans son bureau pour que je me remette, ou si je repartis tout de suite, comme égarée, ne songeant plus qu'à rentrer chez moi. Ayant besoin de réfléchir. Étonnée la première par la scène – fort brève, mais violente – que je venais de lui faire. Désireuse de m'interroger sur ses conséquences, de m'en inquiéter...

Quoi qu'il en soit, le coup était porté, une blessure était ouverte, qui n'allait plus se refermer. Cet homme était marié, il avait une femme qui n'était pas moi. Ils avaient tout en commun : non seulement un domicile, des enfants, mais aussi cette voiture dans laquelle il me faisait si allègrement monter.

Alors j'étais qui, moi, dans sa vie ? J'étais quoi ? Quels étaient mes droits ? En avais-je ?

Aujourd'hui, on ne tient plus compte de ces situations équivoques. On en rit plutôt.

Mais non, ce que je dis là n'est pas vrai : j'ai autour de moi des femmes extrêmement malheureuses d'être en tiers dans la vie d'un homme marié – et cela, depuis des années. Exactement comme j'ai pu l'être.

Quand elles me confient les aléas de leur vie quotidienne, leur souffrance, leur sentiment d'être à la fois infiniment supérieures à l'épouse, à la légitime – car tellement plus aimées –, mais en même temps infériorisées en tant que clandestine, celle que l'homme cache, dont il semble avoir honte, qu'il ne présente pas à ses amis – tout comme autrefois ! –, je me dis que nous sommes folles.

De rester en esclavage ? D'accepter d'être ainsi mises au piquet, à la fois adorées et méprisées par notre amant du fait que nous acceptons la condition subalterne qu'il nous ménage ?

Pas du tout ! Je me dis au contraire que nous avons tort de ne pas profiter à fond et à bloc d'une situation qui présente bien des avantages ! Y a-t-il pire chose que de rester avec un homme qui vous trompe, ne partage plus votre lit, ou rarement, et qui aspire à être ailleurs dès qu'il se retrouve auprès de vous ?

Nous, les maîtresses, et ce mot l'indique, sommes dominantes. Encore avons-nous à nous en convaincre heure après heure, jour après jour...

Incapable quant à moi de prendre le pouvoir, je n'avais plus qu'à rompre – ou bien à m'accoutumer à mon sort : je n'étais pas sa femme et ne le serais jamais.

De son côté, le mal était lancinant : je devins une sorte de drogue dont il n'allait plus pouvoir se passer. Au point qu'il se révélerait terriblement habile pour se la procurer. Réussir à me garder.

Jusqu'à faire l'enfant – puisque je n'en avais pas. Car il n'y avait pas que l'homme qui me manquait, l'enfant aussi ! Léonard l'a-t-il ressenti ? En tout cas, il savait y pourvoir et cherchait à m'en détourner.

*

* *

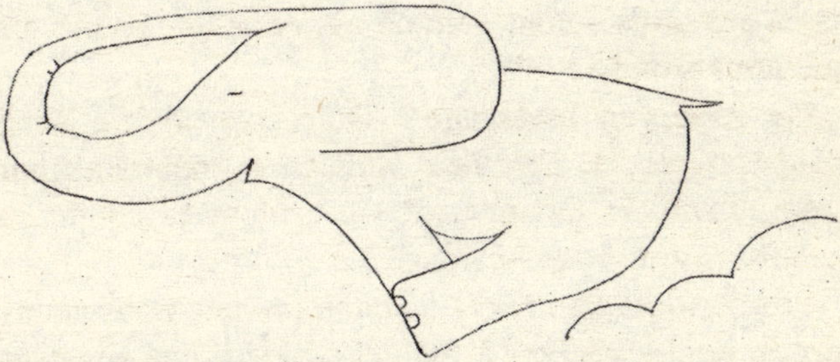

Éléphant amoureux courant déjeuner.

C'est au cœur de la campagne que Léonard et moi étions devenus amants. Fallait-il y voir un signe ? Par la suite, la nature allait se révéler notre lieu de prédilection, en fait notre refuge, et tout le temps que dura notre liaison nous n'avions qu'une idée : y partir.

Dès qu'il pouvait s'octroyer deux ou trois jours, lors de périodes fériées au cours desquelles son bureau était fermé et ses enfants en vacances, nous quittions Paris avec enthousiasme. Nous en sortions déjà chaque jour, à l'heure du déjeuner, mus par un élan qui ne se relâchait pas... En est-il ainsi pour tous les couples ? S'adonnent-ils à la répétition pour, s'ils s'aiment, ne jamais s'en lasser ?

Je me souviens de mon père, retraité dans une petite ville de province, qui, tous les soirs, emmenait sa seconde épouse, avec laquelle il vivait depuis quarante ans, faire un tour en voiture. Il roulait moins d'une heure, variant à peine le trajet par les petites routes de la campagne environnante. Au retour, cette femme qui l'adorait lui disait immanquablement : « Quelle belle promenade tu m'as fait faire, mon chéri ! Je ne la connaissais pas encore... »

Il en allait de même pour Léonard et moi. Tous les

jours de la semaine, après avoir pris notre frugal déjeuner, et le plus souvent fait l'amour, il me disait : « Si nous allions respirer un peu avant que je me remette au travail... ? Bagatelle, ça te dirait ? »

Parfois il me proposait le parc de Saint-Cloud, mais l'un comme l'autre nous préférions Bagatelle.

D'un instant à l'autre, nous étions dans sa voiture, franchissions rapidement les abords du bois de Boulogne, peu encombré par les véhicules, pour nous garer devant la grille principale du parc. Je connaissais le trajet par cœur, pourtant, à chacune de nos visites, je m'émerveillais de le découvrir.

Il l'était : ce n'était pas le même jour, le même temps, la même saison, et puis nous n'étions pas de la même humeur. Car il m'arrivait d'être plus ou moins triste, accablée à l'idée que rien ne changeait entre nous et qu'une heure plus tard, je me retrouverais dans ma solitude. Sans projets. Sans compagnie. Jusqu'au lendemain.

Or, à peine avions-nous fait quelques pas dans le parc de Bagatelle que tout ce qui me pesait jusque-là s'effaçait, s'envolait, comme si s'ouvrait devant nous un royaume enchanté, une sorte d'Éden où tous les miracles devenaient possibles.

Rien qu'y être ensemble en était déjà un.

La promenade, accomplie à bon pas – le sien ! –, consistait à faire d'abord le tour intérieur du jardin en longeant ses murs, ses clôtures, pour s'enfoncer ensuite en spirale, comme y invitent les allées, par ses prairies, ses pavillons, ses plans d'eau, sa terrasse, jusqu'à son cœur qui allait devenir le nôtre : les roses ! Ce symbole de toutes les formes d'amour.

Il y eut aussi la forêt. Alors que je conserve le souvenir de tant de faits et gestes, de scènes même minimes qui ont jalonné notre parcours amoureux, je ne me souviens pas de notre première promenade en forêt de Fontainebleau. Ni de la manière dont s'y prit Léonard pour m'entraîner ce samedi-là à soixante kilomètres de Paris.

S'il travaillait d'une façon forcenée durant la semaine, le week-end il se donnait campo, se contentant de passer, le samedi matin, à son bureau pour ouvrir le courrier que le facteur de son quartier avait le bon goût de déposer tôt.

Vers les neuf heures, neuf heures trente, Léonard sonnait chez moi et nous partions aussitôt à bord de sa petite voiture qu'il préférait à la mienne, du fait qu'il la conduisait. Il devait déjà connaître la forêt, bien qu'il ne m'eût jamais parlé de ce qu'il faisait de ses samedis avant notre rencontre, et par le périphérique et l'autoroute alors peu encombrés nous nous retrouvions promptement aux abords des grands massifs.

Avons-nous commencé par celui d'Apremont, ou par celui de Franchard, ou par les environs de Recloses... ? Ce que je sais, c'est qu'en près d'une décennie nous avons parcouru presque tous les sentiers de cette magnifique forêt qui couvre des milliers d'hectares.

Quelle variété ! Déjà pour ce qui est des plantations : résineux, feuillus de toutes espèces ; mais aussi par le sol : landes, marais, carrières, rochers... Ces éboulements majestueux, certains fort connus, comme la Marmite du Diable, ou les parois d'escalade destinées aux alpinistes ; d'autres – surtout à l'époque – encore secrets.

De crainte de nous perdre, ce qui nous advint quelquefois, nous empruntions généralement des sentiers balisés et faisions près de quinze kilomètres dans la journée sans autre arrêt que la pause déjeuner.

Léonard avait repéré quelques établissements – deux ou trois, toujours les mêmes – où nous nous arrêtions pour un léger repas. (À cause de son appellation qui prêtait à sourire, je me souviens du *Piège à Loup*... ou Pied jaloux !) Une entrecôte accompagnée de frites, ou alors une sole aux haricots verts et une tarte aux pommes. De l'eau, bien sûr : les marcheurs ne supportent aucune autre boisson. J'adorais ces tête-à-tête dans des auberges pittoresques, tellement à l'écart de tout, presque vides, qui me donnaient le sentiment que nous étions seuls au monde – je veux dire : sans attaches.

Et si bien accordés.

Ralentissait-il le pas pour moi ? En tout cas, je le suivais allègrement. Enfant, j'avais sauté, escaladé, couru par les champs et les bois qui entouraient la maison de ma mère, et j'y avais acquis de bonnes jambes. Avec des chaussures adaptées, je me sentais capable d'aller loin – mais toujours en seconde position. Léonard avançait le premier, se retournant de temps à autre pour vérifier si j'étais là, s'arrêtant pour m'attendre au sommet d'une butte ou d'un monticule afin que nous contemplions ensemble l'horizon, le moutonnement à l'infini des frondaisons...

Quand on est amoureux, tout ce qui donne le sentiment que le monde est sans limites gonfle le cœur de joie : ce paysage à perte de vue n'est-il pas la représentation même de ce que l'on est en train de vivre ? De ce point de vue, la forêt de Fontainebleau me comblait.

Lorsque nous pouvions avancer côte à côte, notamment dans les allées cavalières, alors nous parlions. Léonard me racontait ce qu'il faisait dans son métier, les personnes qu'il avait vues durant la semaine, ce qui s'était passé entre lui et elles, ce qu'il en avait pensé, les décisions qu'il avait prises... Je l'écoutais, heureuse qu'il me fît partager ce qui lui était cher, son activité professionnelle, flattée qu'il me confie ses soucis, ses espérances et même quelques secrets.

Bien que je n'eusse pas le moindre rôle à jouer dans ses affaires, j'en connus bientôt toutes les complexités. Et devins experte au point de pouvoir lui prodiguer des conseils dont il me disait tenir compte.

C'est maintenant que je m'aperçois qu'il me traitait en réalité comme une fidèle secrétaire devant laquelle on prend l'habitude de parler tout haut, assuré qu'elle ne révélera rien. C'est que moi aussi – il le savait – je me sentais tenue au secret, non par ma fonction mais par l'amour que je lui portais.

Parlait-il de la sorte avec son épouse ? Ils devaient avoir ensemble d'autres sujets de conversation, à commencer par les enfants, leurs études, le foyer, les finances, et cela devait leur suffire. Le « bureau », c'était pour moi, et l'on peut dire que Léonard, entre sa femme et sa compagne, était, comme tant d'hommes, parfaitement organisé.

Toutefois, pour qu'une liaison – contrat libre qui peut se délier à tout instant – en arrive à durer, encore faut-il que chacun y trouve son compte, et il est évident que j'avais le mien.

J'aimais la nature, infiniment, je me sentais à l'étroit dans Paris, si aéré fût-il à l'époque, aussi ces marches en toute saison, que je n'aurais pu accomplir seule – nous nous y rendions même par temps de neige –, satisfaisaient mon besoin de grand air et d'une nature sauvage.

Parfois nous apercevions des animaux, chevreuils, sangliers, oiseaux, rarement d'autres promeneurs, les lieux étant alors peu fréquentés. Beaucoup moins de voitures qu'aujourd'hui quittaient Paris en fin de semaine, les gens préférant rester en ville pour y goûter en foule les loisirs publics : cinémas, théâtres, cafés – animation qui déplaisait à Léonard comme à moi, avides tous deux de solitude.

C'était un garçon plutôt simple, quoique profond, et ses goûts le portaient vers la réflexion, la lecture, les idées politiques. Il pouvait me parler indéfiniment d'un auteur qu'il venait de découvrir, dont il appréciait le style, la pensée, déplorait aussi les limites, ou d'un homme politique dont il saluait – ou critiquait – la démarche.

Je reconnais qu'il lui arrivait de se répéter, mais cela ne me déplaisait pas : toute répétition n'est jamais à l'identique, de même que l'eau ne coule jamais deux fois dans le même fleuve, et celui qui revient sur ce qu'il a dit le formule autrement, avec d'autres mots, dans une autre intention, en l'émaillant de détails supplémentaires. Quand il me redisait pour la énième fois ce qu'il m'avait déjà dit, j'avais le sentiment qu'il me prenait tout contre lui. Oui, j'aimais bien l'écouter se répéter, de même qu'on a joie, lorsqu'on est couché contre l'être aimé, à entendre son cœur battre, se poursuivre son souffle, s'élaborer sa vie...

Après déjeuner, nous marchions encore une heure ou deux, et, là, je commençais à me sentir lasse. Je m'en rendais compte à mon souci croissant de calculer à quelle distance nous nous trouvions encore de la voiture, et à mon soulagement d'enfin l'apercevoir. Sitôt la portière ouverte, je me laissais tomber sur mon siège où il m'arriva parfois de m'assoupir quelques instants.

Puis nous arrivions devant chez moi, Léonard garait sa voiture, et, sans qu'il fût besoin d'en faire état, m'accompagnait.

Dans un but très précis que nous connaissions et désirions l'un et l'autre : faire l'amour.

Cela ne durait pas longtemps, nous étions quelque peu fatigués par notre longue marche, et aussi je sentais Léonard pressé : de rentrer chez lui pour faire acte de présence auprès de sa femme, de ses enfants. Comme si sa culpabilité, que je n'avais absolument pas ressentie tout le temps que nous étions en forêt, commençait à resurgir, à le tirailler au fur et à mesure que les heures passaient, amenuisant son plaisir d'être avec moi.

À croire qu'il s'apprêtait à payer cette journée de liberté loin des siens par une sollicitude accrue à leur égard.

Il se peut aussi qu'ayant eu son bol d'air, son quart d'heure de sexualité, il était disposé, sans état d'âme, avec un réel plaisir, à passer à autre chose qui le distrairait tout autant, occupant une autre partie de ses facultés, qu'il avait puissantes, tout comme sa capacité, que je découvris plus tard, de passer sans difficulté d'un interlocuteur et d'un sujet à un autre. D'où son succès dans son métier.

Pour moi, je n'avais plus rien à vivre ce jour-là. Rien ne se proposait. On ne regardait guère la télévision, à l'époque. Et j'étais physiquement trop lasse pour envisager d'appeler des amis et proposer de les voir. Alors je me couchais dans le lit déjà défait, avec un livre et la chatte à côté de moi, laquelle était si heureuse de me revoir après ces heures d'absence, et de m'avoir enfin toute à elle, qu'elle s'installait en ronronnant contre mon cou.

À vrai dire, j'avais eu mon compte de sensations fortes pour ce jour-là et j'aurais eu mauvaise grâce à me plaindre. Je ne le faisais pas.

Il n'y a pas que les samedis, dans la vie, il y a aussi les dimanches ! Quand survint le premier, après une semaine d'allées et venues précipitées, de navettes entre son quartier et le mien, je ne savais trop à quoi m'attendre lorsque Léonard proposa de me retrouver chez moi.

Point de courrier, aucune obligation ni religieuse ni autre ne le retenant ce jour-là, il pouvait arriver plus tôt encore que le samedi, et le fit.

J'ai toujours aimé les dimanches, la sensation de calme qui s'installe dans la ville. Les gens se levant tard, il y a moins de bruit, à peine de circulation. Une longue plage de liberté semble s'ouvrir devant soi. Selon son humeur, en fonction du temps, on peut envisager de se livrer à toutes sortes d'activités d'intérieur ou de plein air – ou, plus jouissif encore, ne rien faire... Rester chez soi, fenêtre ouverte sur le ciel, l'esprit flottant, dans les bras de son amant... C'est bien ce que j'aurais préféré si seulement j'avais eu le choix !

Mais l'oisiveté, le farniente n'était pas du tout dans le style de Léonard ! Avec lui, il fallait toujours bouger, et vite !

Ce premier dimanche-là, avons-nous fait l'amour ?

Ce que je sais, c'est qu'à peine arrivé chez moi il voulut sortir. C'est ainsi que s'installa notre rite dominical : le dimanche, dès que je lui avais ouvert la porte, c'est sans la refermer qu'il attendait, debout sur le seuil, que je prenne mon sac, une veste ou un manteau, et le suive.

Je finis par m'y préparer à l'avance, et à peine avait-il sonné que j'étais déjà sur le palier, souriante, disponible, ravie.

Où se proposait-il de m'emmener ? (Léonard savait toujours ce qu'il voulait, il avait son « plan », comme on dit aujourd'hui.) Eh bien, marcher ! Le seul sport qu'il pratiquât, avec, en été, un peu de natation. Toutefois, comme nous étions dimanche, il devait rentrer chez lui, m'apprit-il d'emblée, pour le déjeuner en famille, systématique, obligatoire, ce qui fait que nous ne pouvions aller très loin.

Assez, tout de même : à Versailles.

Combien de dimanches matin ai-je fait le tour – entier – du parc du château ? Y a-t-il quelqu'un, quelque part, pour tenir ce genre de compte ? Je ne sais, mais peut-être arriverais-je à un chiffre aussi approximatif qu'impressionnant si je consultais mes agendas... Mais je ne tiens pas à le savoir, seulement à me souvenir de l'enchantement que me procurait ce parc si différent d'une saison à l'autre, si varié selon le temps qu'il faisait.

Au début, j'avais tout à découvrir : déjà les abords du château, puis les grands bassins, les canaux en croix, les bosquets, l'Orangerie et son escalier, le Petit Trianon et ses marches de marbre rose, le Grand Trianon, plus loin la Lanterne, les vergers, la rangée de peupliers bordant le fond... (Depuis, il y a eu la fameuse tempête, ses grands ravages, et je me refuse d'y retourner, je veux garder intact le souvenir de mes déambulations amoureuses dans cet environnement alors séculaire.)

Si la promenade en forêt, surtout lorsqu'elle est vaste et profonde, procure des sensations enivrantes, avancer dans ce cadre harmonieux et royal créé de toutes pièces pour Louis XIV et par lui est un bonheur de chaque instant. Des dizaines de millions de visiteurs se sont pressés ici depuis plus de deux siècles pour y chercher quelque reste d'un état d'âme aujourd'hui disparu. En admettant qu'on en trouve les moyens financiers et humains, qui serait capable de concevoir aujourd'hui un espace paysager d'une telle ampleur, qui parle aussi bien à tous les sens, et surtout à l'esprit ?

Nous n'avons jamais philosophé sur Versailles, Léonard et moi, mais nous nous en sommes imprégnés pas après pas, de dimanche en dimanche, comme si nous étions là chez nous : au cœur même de cette culture française qui était la nôtre à tous deux et que nous aimions, je crois, de la même façon. Avec exigence et respect.

C'était la nature revue et visitée par les hommes pour qu'elle devienne non seulement terrain de jeu, champ de plaisirs, lieu de prestige et de représentation, mais un endroit où toutes et tous se pressent et se croisent, s'assemblent, se sentent meilleurs. Autant il nous était plaisant, en forêt, de ne rencontrer personne, ou très rarement, autant, dans le parc de Versailles, nous aimions croiser des couples en apparence semblables à nous, des familles, des enfants.

À Versailles nous nous sentions dans la norme : un homme et une femme qui viennent prendre l'air, s'abreuver d'espace et de beauté pour oublier les soucis de la semaine avant le sacro-saint déjeuner du dimanche.

Reste que ce déjeuner, nous n'allions pas le prendre ensemble. À midi passé, nous remontions dans la voiture et Léonard me déposait chez moi en disant : « À demain. »

Que devenir ? C'est l'époque où je pris l'habitude d'aller, faute de mieux, déjeuner le dimanche chez ma mère, laquelle quittait sa province, l'hiver, pour n'y retourner qu'en été. Ma sœur se joignait à nous la plupart du temps, et il y avait aussi ma tante, sœur cadette de ma mère, qui s'affairait à la cuisine.

Ce déjeuner à quatre femmes m'était à la fois un réconfort – on m'aimait, toute la semaine on attendait ce repas dominical avec impatience pour me nourrir de plats tendrement conçus et préparés –, en même temps qu'il me faisait l'effet d'un supplice.

Me retrouver seule en famille, c'était, quoique fêtée, ou justement parce que je l'étais, retourner le couteau dans ma plaie : je ne vivais pas avec l'homme que j'aimais.

Et plus je pensais à moi, à mon sort, plus je me considérais avec dédain : j'étais une célibataire sans enfant, divorcée, qui prenait de l'âge. Et qui, de surcroît, le dimanche, n'avait rien de mieux à faire que déjeuner chez sa vieille mère, en marge de la vraie vie...

Mais nous n'en parlions pas. Jamais ces femmes aimantes et discrètes ne m'ont questionnée sur ma manière de vivre, mes éventuels amants, ni sur Léonard que seule ma mère avait rencontré chez elle, en province, et qu'elle semblait avoir oublié.

Personne ne me demanda jamais si j'étais heureuse (je ne l'étais pas et cela devait se voir, d'où leur silence...). J'étais comme emportée par une rivière dont le flot, grossi par une succession de déceptions, me conduisait droit à ce que je ne voulais pas entrevoir ni me figurer, mais qui était inévitable : la chute...

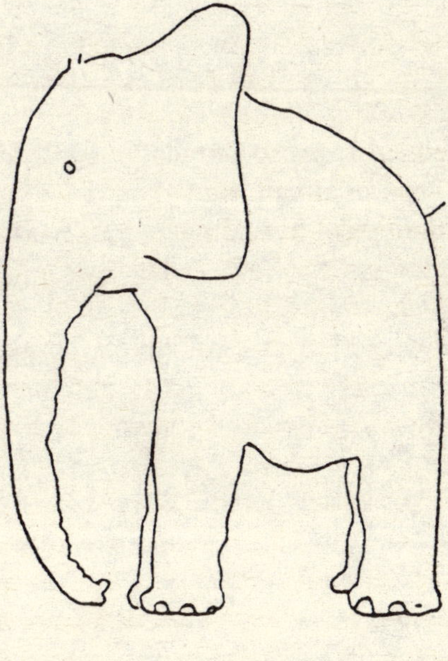

En principe, on ne s'écrit qu'en cas d'absence, mais avec Léonard, les lettres c'était tout le temps, imprévisiblement. Parfois il commençait à m'écrire juste après m'avoir quittée, dans sa voiture. Ou passait à l'improviste me glisser des mots sous ma porte. Cet homme se servait de l'écriture comme d'un lasso avec lequel il m'attrapait en tournoyant autour de moi... Ce qui fait que je le sentais là, même quand il n'y était pas – ce qui me rendait pas mal folle. Sujette à des hallucinations. Et, pour tenter d'échapper, de me reprendre, je ne lisais qu'incomplètement ses lettres, juste le début et la fin, pas le milieu.

Aujourd'hui où je les lis enfin mot à mot, je suis stupéfaite de toutes les choses qu'il m'a dites – dans et entre les lignes – et même promises. Aussi de constater comme il me traite avec égards et précautions... Au fil de ces centaines de missives, pas une phrase, pas un mot qui risquerait de me blesser, de m'égratigner, de m'être désagréable... S'il me parle d'autrui, de sa famille, ce qui arrive, dans la phrase suivante il m'assure à nouveau qu'il m'aime et – sans l'exprimer, car cela pourrait me paraître de mauvais goût par rapport aux siens, il me connaît bien –, qu'il n'aime que moi.

Quand il adresse des reproches à quelqu'un, ça n'est qu'à lui, si muet, si silencieux, si incapable, à l'entendre, de dire tout ce qu'il aurait envie de dire – alors qu'il n'arrête pas de me parler en m'écrivant.

Je découvre aussi un homme passionné par les mots, leur sens, leur double sens, attentif aux chiffres et aux dates, aux détails, comptant les jours. Oui, pendant des années, Léonard a compté les jours, les heures, les minutes qui nous séparaient.

Qu'on ne s'inquiète pas : j'en faisais tout autant de mon côté.

Je découvre aussi qu'en dépit de son ton léger, ironique, parfois blagueur, mon amant était loin de rester indifférent à ma souffrance ; mais il avait la sienne. Sous ce chant d'amour qui tient de la berceuse, perce secrètement un désarroi intérieur. Ainsi quand il termine sa longue lettre d'un 31 juillet en me disant : « On se sent coupable de rester vivant. Mais il ne faut pas. » L'injonction est pour lui : Léonard s'en voulait d'être là, et cette culpabilité l'empêchait de vivre.

Mais pas d'imaginer, ni de rêver, ni de désirer, ni d'écrire...

Léonard est un écrivain. Même quand il prétend ne pas l'être.

*

* *

... Si c'est moi qui vous ai appris à écrire comme ça, eh bien, chapeau ! Mais non, jamais je n'ai écrit aussi bien. Vous, ce qu'il y a, c'est que vous êtes douée. Pour tout. Peut-être même pour être heu-

reuse, sans le savoir. Ce qui est le comble ! Et même plus (le comble c'est le bonheur, et plus, c'est de ne pas le savoir – mais vous le savez peut-être très bien). Si je vous dis cela – très mal – c'est que, pour moi, vous êtes le mot bonheur, et que ce serait vraiment dommage que vous n'en profitiez pas. Moi, j'en profite bien, merci, j'en ai la gorge nouée, c'est pas croyable. Noué : voilà ce que je suis, et non pas la grâce. Vous avez tout confondu : la grâce, c'est vous. Vous n'allez pas me dire que vous ne le saviez pas. Parce que si c'est ça, votre perspicacité, vous allez vous réveiller un de ces quatre matins et découvrir qui je suis : pas du tout le garçon que vous connaissiez, avec qui vous jouiez, vous croyiez jouer, vous allez me voir tout noué, tout bête, tout avare (ça, d'accord, vous l'avez vu), tout méfiant et égoïste, vous allez prendre le téléphone et vous direz : « Devinez ce qui m'amène : ce matin, je me réveille et voilà que vous êtes tout noué, tout bête, tout avare (ça, je le savais déjà), tout méfiant et égoïste, et vous croyez peut-être que je vais vous supporter plus longtemps ? Eh bien, si vous croyez cela, vous avez salement tort je peux vous le dire, salement tort, et c'est ignoble d'avoir ainsi abusé de ma naïveté et de ma gentillesse bien connue, et votre cinéma vous pouvez le reprendre et en faire l'usage que vous voulez, mais pour ce qui me concerne je vous saurais gré d'oublier mon numéro de téléphone (je ne précise pas lequel, vous le savez), et d'ailleurs, vu que je n'ai aucune confiance en vous je vais en changer et si je n'y arrive pas, eh bien je déménagerai, parfaitement, je déménage demain, j'aurai déménagé quand vous recevrez cette lettre... – Mais ça n'est pas une lettre, c'est le téléphone ! – Qu'est-ce que ça change, vous voulez me le dire ? Quand je pense que j'ai pu un jour me demander si je plaisais à quelqu'un au vocatif, comme vous : tout noué, tout bête, tout laid, tout prétentieux, tout chauve, tout intellectuel, tout épicier, non, vraiment ! Non, vraiment. Dire qu'il m'aura fallu quinze jours pour m'apercevoir, – qu'est-ce que je dis, quinze jours ? Trois semaines[1] *! – que j'aurai vécu dans une douce euphorie criminelle, etc. » Fin de citation.*

J'ai un travail abominable et pas une seconde pour t'écrire. Je t'appellerai tout à l'heure. Tu es formidablement belle, intelligente et vraie.

L.

*

* *

... C'est vrai que j'aime tout chez toi, et aussi ton intelligence qui ne cesse de m'émerveiller. J'aime comme nous nous entendons devant les autres, sans rien dire. J'aime toucher l'une quelconque des parties de ton corps avec une partie quelconque du mien. J'aime croiser ton regard. J'aime que tu sois

---

1. *Là, je prends mes désirs pour des réalités. Ajoutez « tout présomptueux » à la liste précédente. Et « m'as-tu-vu » aussi, à tout hasard.*

là, toujours et bientôt. J'aime l'idée que cela ne finira jamais. J'aime ce que tu aimes[1].

J'aime.

J'ai

L.

1. *Sauf ma gueule !*

À l'époque, le parc de Saint-Cloud était redevenu un grand bois à peine fréquenté et peu entretenu – il n'avait pas du tout dû l'être pendant la guerre. Certains de ses sentiers demeuraient herbeux, environnés de buissons : un rêve pour les amoureux que nous étions.

Aujourd'hui encore, je revois comme si j'y étais l'orée d'un étroit chemin qui s'en allait serpentant jusqu'à la vaste terrasse à balustres d'où l'on aperçoit Paris et ses lointains. Plus bas, tout à l'opposé, sous le jardin en hauteur dit du Trocadéro, s'ouvre l'allée des statues dont certaines étaient devenues des amies à force de fréquentation dominicale, leurs oiseaux voletant et se posant familièrement sur leurs épaules ou au sommet de leurs têtes.

Il nous arrivait certains jours de garer la voiture en contrebas pour aller jeter un regard à la Grande Cascade qui s'élève non loin de la route et de la Seine, impressionnante par son architecture et ses sculptures, mais peu champêtre. Non loin se dresse le pavillon de Breteuil, connu pour contenir le mètre-étalon, lieu que j'avais hâte de quitter pour me retrouver en forêt.

Le regard ne pénètre pas là où poussent d'épais rideaux d'arbres, mais on devine que la profondeur attend, que plus l'on va s'enfoncer dans le monde végétal, plus il s'ouvrira, comme à Brocéliande, pour se refermer sur ceux qui s'y seront s'aventurés. Tel l'amour et ses nombreux et insondables mystères.

En bordure du parc, au-delà d'une voie ferrée, il y avait quelques maisons fort avenantes, dont un magasin qui faisait brocante. Quand il nous arrivait de sortir de ce côté-là, nous longions cette vitrine qui exposait des objets d'autrefois. Léonard n'y jetait qu'un regard rapide, il n'était pas du genre à s'encombrer de souvenirs ou d'objets pour lui inutiles. Mais, ce jour-là : « Veux-tu que je te l'achète ? » Il s'agissait d'une petite maison dont des personnages de cire fort bien imités occupaient les divers étages. Un chef-d'œuvre de miniaturisation comme je n'en ai guère revu depuis lors.

Mue par un subit élan, je réponds : « Non. » Pourquoi ? Je regrette encore mon refus, car l'objet était ravissant, poétique, sûrement cher... Mais ce qui le rendait surtout précieux et même extraordinaire à mes yeux c'était que, pour une fois, Léonard avait envie de quelque chose : s'il proposait de me l'offrir, n'était-ce pas parce que l'objet lui plaisait ? Du fait que ça représentait ce que nous n'avions pas ensemble : une maison... ?

Si j'ai si vite dit « Non », c'est que j'avais dû saisir son intention, sans doute inconsciente, de remplacer par un aimable substitut ce qui était mon plus ardent désir : un lieu où vivre avec cet homme que j'aimais. Or une maison de poupée ne pouvait qu'en constituer le faux-semblant – un de plus entre nous ! –, et le don qu'il voulait m'en faire me blessait au lieu de me faire plaisir.

A-t-il perçu la raison de mon refus ? Léonard devinait bien plus de choses qu'il n'en exprimait. Il n'a pas insisté. Il s'est renfermé dans son silence et nous avons repris la voiture pour aller déjeuner – c'était un dimanche – chacun de notre côté.

Mais l'incident, dont l'évocation me fait encore souffrir, avait révélé, s'il en était besoin, que rien, venant de lui, ne pouvait me satisfaire – sinon tout.

*

* *

... Il y a dix minutes que je t'ai quittée et, sauf anicroche, cette lettre te parviendra samedi matin, et je te téléphonerai dimanche soir. À force de couper les intervalles en petits morceaux, on ne les voit presque plus, et l'on peut dormir comme sur un lit de fakir – à ce qu'on dit.

Je viens de voir, sur les Champs-Élysées, qu'on préparait déjà le 14 Juillet. Ça m'a semblé une très bonne idée. Je m'y suis mis à mon tour. J'aime Mathilde.

L.

Juste après la guerre, et pour de longues années encore, si l'on voulait évoquer ce qui s'était passé dans les camps nazis – ce qui était encore rare – on disait « déportation » en baissant la voix, comme lorsqu'on est gêné. Par ce mot-là, comme on manquait d'informations et qu'on ne désirait point en obtenir plus qu'il n'en filtrait, on avait tendance à entendre non pas « extermination » mais « déplacement de population » : une action déplaisante, certes, mais normale en temps de guerre, un déménagement presque banal... Après tout, durant l'exode et ultérieurement, des centaines de milliers de personnes avaient quitté leur résidence pour se réfugier dans des régions plus sûres que les grandes villes du Nord et de l'Est, se regrouper en famille ou se cacher de l'occupant.

Certes, ceux des camps y avaient été transportés de force, mais on voulait encore s'imaginer que ç'avait été pour travailler ; on confondait parfois avec le STO (le Service du travail obligatoire) imposé aux jeunes qui n'avaient pas su ou voulu prendre la fuite dans les maquis. Si beaucoup de gens étaient morts en déportation – on n'avait pas notion des chiffres –, c'est qu'il faisait très froid et faim en Allemagne et en Pologne, comme partout ailleurs en Europe.

Sans compter qu'à la Libération, tant de villes, rien qu'en France, ayant été bombardées, des quartiers entiers détruits, pilonnés, d'autres centaines de milliers de gens avaient été tués ou demeuraient disparus.

C'est pourquoi ce qu'il y avait de tout à fait singulier et abominable dans la Shoah – mot qui signifie « catastrophe » et n'est devenu courant, pour ne pas dire familier, que des décennies plus tard – échappait à la plupart.

En tout cas, à moi.

Peut-être pas à Léonard.

Même s'il n'avait eu que quinze ans en 1940, il était issu d'une famille juive, et, pour parodier Jacques Brel, « chez ces gens-là » on sait ce qu'être juif veut dire depuis des générations. On sait aussi à quel point l'antisémitisme est général, larvé, imbécile, constant, universel, destructeur, quand il n'est pas ouvertement criminel et massacreur.

Déjà, tout petit, on porte ce savoir en soi à la fois comme une honte – on n'est pas comme les autres, on peut être montré du doigt, ce que les enfants abhorrent – et comme un orgueil. Une spécificité. Une élection. On fait partie du peuple élu et souffrant.

Ce n'est pas un choix : certains préféreraient ne pas être juifs et font comme s'ils oubliaient qu'ils le sont. Mais, quoi qu'on fasse, qu'on dise, qu'on pense, de cette condition on ne se défait pas.

Comme d'être femme : enfant, puis jeune fille, me découvrir du sexe féminin a été pour moi relever du « deuxième sexe », considéré d'emblée comme inférieur au premier, celui des mâles. Tant de portes vous étaient obligatoirement fermées : le droit de vote, les grandes écoles, le pouvoir financier et politique, la liberté sexuelle et jusqu'à celle de s'exprimer... On ne se sentait pas un être à part entière dans cette société faite et voulue par les hommes. Certaines filles, pour se sortir de leur condition d'humiliées, se plaçaient d'emblée au service du « sexe fort » dans le but de participer, à travers lui, au pouvoir en place. D'autres, d'être femmes, donc différentes de ce qui était la norme, tiraient fierté ou vanité.

C'était mon cas. Du fait de me sentir en quelque sorte en exil, condamnée à ne compter que sur moi si je me refusais à obtempérer comme la plupart de mes compagnes rentrées dans le rang des mères de famille, je ne me voyais qu'une voie possible : l'exception.

Celle qui s'ouvrit à moi et qui aurait pu être l'art, ce fut l'amour – tant de saintes et de religieuses s'y sont au départ précipitées pour les mêmes raisons ! L'amour fou, l'amour absolu, la passion poussée à son extrême (par là même, mal vue des familles). Mais je n'étais pas religieuse, il me fallait l'amour humain (Dieu s'y cache-t-Il à notre insu ?), et, dès que l'occasion s'en présenta, je m'y engouffrai.

En accord avec Léonard.

L'un comme l'autre nous refusions l'état d'infériorité – lui pour être juif ; moi, en tant que femme – qui nous était imposé par une société inégalitaire. Chacun pour des raisons différentes, nous nous sentions mis au ban de la « normalité », des gens « comme il faut »...

Nous ne nous le sommes pourtant jamais dit.

Jamais Léonard ne fit la moindre allusion au fait

qu'étant femme, je n'étais pas tout à fait l'égale des hommes (donc de lui ?)... Quant à moi, par mépris pour le conformisme ambiant, jamais je n'ai songé qu'il était juif, ni que, d'une façon ou d'une autre, cela pouvait influencer son comportement...

Magnifique, féroce, imprudente inconscience !

Inutile, aussi : nos conditions de naissance, même niées, nous les vivions.

Quand on veut se donner le droit de supprimer quelqu'un, un groupe ou une ethnie, le réflexe courant – qui ne date pas de la dernière guerre, et continue de sévir aujourd'hui, à l'œuvre en toute forme de racisme –, c'est de déclarer que cet individu, ou cet ensemble d'individus, ne fait pas partie des humains. Les nazis traitaient les juifs de « sous-hommes » ou de « poux ». Qu'il était bénéfique d'écraser et annihiler pour le bien de l'humanité.

De même, durant des siècles, aujourd'hui encore, les hommes qui veulent les inférioriser traitent les femmes en sous-espèces. Toutes des putains ou des salopes, qu'on peut dès lors humilier, battre, exploiter, sans se sentir coupable – ou si peu...

Léonard était un homme, mais sa façon d'être macho, à mon égard comme à celui de son épouse, ne fut pas de nous piétiner : elle se révéla beaucoup plus subtile.

À l'entendre, sa femme, la mère de ses enfants, ne pouvait ni vivre seule, ni travailler. Il me le répéta à de multiples reprises. Ce qui semblait me conférer *a contrario* une certaine supériorité : moi, je le pouvais, j'étais donc plus forte qu'Hermine ! D'une espèce en quelque sorte prééminente.

Or je le ressentis comme un rejet (c'en était un), un abandon (c'en était un aussi, car dans la société et le milieu où nous vivions, être la femme de l'ombre, la maîtresse, la *back-street*, vous reléguait dans un état humiliant). Pour preuve : jamais je n'ai avoué à mes parents comment je vivais... Tous deux croyaient que je me comportais en « femme libre », ce qui n'était pas bien coté, était jugé un peu trop « moderne », mais ils ne m'imaginaient pas soumise à un esclavage amoureux.

À quoi je sais que je l'étais ? Déjà aux larmes que j'ai versées. Je pleurais tous les jours à verse. Dès que Léonard me quittait, dès que la porte de mon appartement se refermait sur lui, je n'étais plus que fontaine, tout en continuant d'aller et venir dans l'appartement et sans chercher à m'éponger les yeux (ce qui, au début, perturba singulièrement la chatte). Dès que Léonard réapparaissait, le torrent s'arrêtait net !

Autre preuve de ma déréliction : j'errais dans les rues – élégante, collier de perles au cou, sac de cuir matelassé à l'épaule – en murmurant : « Où est ma place ? Je n'ai pas de place... »

Certes, j'en avais une dans le cœur de cet homme, mais, jour après jour, je la découvrais limitée, cloisonnée, balisée : « Tu iras jusque-là, pas plus loin ! »

Une partie de moi se révoltait contre ces barrages, ce qui me mettait en lutte permanente contre mon autre partie, celle en proie à l'amour. Pour être en paix avec moi-même, j'aurais voulu partir – mourir, peut-être ? –, mais je n'y parvenais pas, car cet homme qui me tenait à bout de bras, mais sans me lâcher, je l'aimais trop.

D'ailleurs, il faisait tout ce qu'il pouvait pour me conserver, me garder comme on garde un bien dont on est convaincu qu'il vous appartient...

Et comme il savait s'y prendre !

L'amour, c'est aussi et peut-être plus que tout des mots... Dès que nous étions séparés, fût-ce pour quelques heures, cet homme par ailleurs si occupé, m'écrivait, m'écrivait, m'écrivait.

*
* *

... Juste une petite lettre pour lui dire bonjour. Il fait beau à Paris, mais comment aller à la piscine sans toi ? Ne quitte pas cette chaîne. Si un maillon paraît vouloir céder, télégraphie. Tu vas revenir, tu seras belle-belle, et je ne sais pas si j'oserai encore sortir avec toi. J'aime vivre avec toi. J'ai lu ta lettre, ce matin. Je suis heureux, tu es vivante.

C'était juste une petite, petite lettre pour t'embrasser.

*
* *

Ta lettre du 17 est arrivée ce matin normalement. Deux remarques : le système des jours de congé est tel en France qu'il permet aux gens de n'y pas travailler, ce qui fait que, même écrites et dûment déposées dans une boîte, les lettres du dimanche au lundi 15 août attendent le 16 pour entamer leur voyage : ceci pour expliquer certains silences.

Deuxième remarque : j'aime que tu aies eu envie comme moi, hier, de profiter de la dernière ligne de ta lettre et du manque de place pour me dire que tu m'aimais.

As-tu remarqué qu'on est le 22 ? Les deux tiers du mois. Si j'étais kangourou, ça me ferait sauter de plaisir. Mais, comme éléphant, je n'en pense pas moins (de plaisir).

Je ne fais rien d'autre que me promener sur les falaises, t'écrire et, surtout, penser que je t'aime, que je suis ce Léonard qui aime Mathilde.

L.

*

* *

Je pense à toi, je rêve à toi, j'ai tellement envie de te revoir, je sais si peu ce que tu fais, à qui tu penses, ce que tu veux au moment où je t'écris. J'aimerais tant te toucher, t'entendre, te voir, t'embrasser !

L.

Chaque nouvel amour vous apporte-t-il, entre autres largesses, celle de vous révéler une partie ignorée de vous-même ? Jusqu'à Léonard je ne connaissais pas ma capacité de me plier jusqu'à l'extrême au désir de l'être aimé, je m'étais toujours considérée comme indépendante, affranchie des préjugés, entêtée dans ma voie et mes projets. Et voilà que j'acceptais un mode de vie qui me paraissait absurde et, par certains côtés, indigne. Régressif... N'étais-je pas en train de vivre un *back-street*, cette clandestinité dans laquelle un amant cloître sa maîtresse, fût-elle bien-aimée, afin de ne nuire ni à sa famille, ni à sa réputation, ni à sa position dans le monde ?

On dit que le Seigneur a ses voies, et qu'elles sont impénétrables, mais l'amour aussi. Je ne discernais pas le moyen de faire autrement, si ce n'est en rompant. Or cet homme, je ne sais comment il s'y prit, par quels mots, quelles manifestations imperceptibles d'une sensibilité à vif, sans qu'il se soit jamais plaint, me donna le sentiment que si je le quittais, le plaquais, il en mourrait. En tout cas, ne pourrait pas s'en remettre.

Qu'il était trop fragile, en fait trop mal en point dans la vie, d'une façon générale, et surtout en lui-même...

Quitte-t-on un handicapé ?

Si je ne le considérais pas comme tel, bien qu'il le fût pour une part, c'est que je l'admirais : pour son intelligence, sa réussite dans sa complexe activité professionnelle, pour ce qu'il parvenait à y créer avec une ténacité nécessaire à son succès et à sa survie.

Ce qui, par moments, m'éblouissait, me rendait fière : j'aurais voulu pouvoir crier à tout le monde que j'étais aimée par cet être exceptionnel !

Quant à lui, il me répétait sans cesse la même chose et de toutes les façons : « Tu es la vie. »

Évidemment, je ne comprenais pas trop ce que signifiait cette déclaration, alors que je n'avais pas d'enfant, ne m'occupais que d'une façon lointaine ou distraite de mon appartement, de ma famille, d'ailleurs réduite, et restait benoîtement chez moi, l'après-midi, à poursuivre mon travail d'illustratrice.

Ce que je consentais à la rigueur à m'attribuer – quoique je fusse bien mauvais juge pour ce qui me regardait –, c'était la capacité d'aller droit vers ce qui me plaisait, me touchait, m'attirait – parfois de bien petites choses –, et de savoir en tirer enseignement et plaisir. Quand j'y parvenais, j'ameutais Léonard pour lui faire partager mes émotions.

C'était en particulier le cas quand nous étions à Bagatelle, joyau serti au cœur du bois de Boulogne : un royaume de verdure qui devint le mien, le nôtre, plus encore que Fontainebleau ou Versailles, car nous avions fini par nous y rendre tous les jours.

J'ai dit à quel point cet homme avait besoin de marcher – ce devait être le meilleur, sinon le seul moyen pour lui de contenir une angoisse qu'il n'avouait pas, mais qui devait être permanente. Et que seule la rapidité de ses déplacements corporels parvenait à soulager.

C'est donc à son instigation qu'en semaine, après avoir déjeuné sur le pouce – tout était déjà sur la table, préparé par Pilar –, fait l'amour tout aussi rapidement, Léonard alléguant le besoin de « respirer », nous sortions. Sans doute l'éprouvais-je aussi, oppressée que j'étais entre la joie de l'avoir près de moi et le déplaisir de sentir qu'il piétinait d'impatience, déjà sur le départ.

Pour le peu de temps qui nous était imparti – à peine une heure et demie –, il fallait une destination proche en même temps qu'un lieu discret où nous ne risquerions aucune fâcheuse rencontre. Surprenant, quand j'y pense, ce miracle nous fut accordé : nul promeneur ne vint jamais nous saluer, s'étonner de nous voir ensemble...

Lequel de nous eut l'idée de Bagatelle ? Enfant, avec ma gouvernante, puis adolescente, à bicyclette et même à cheval, j'avais beaucoup fréquenté le bois de Boulogne et j'en connaissais les coins et recoins : le Racing, le Pré-Catelan, la Grande Cascade, les clubs équestres... Tout à l'époque était jardin, verdure, feuillages, sentiers ; il y avait même des animaux sauvages tapis dans les fourrés... Situé au cœur de ce qui demeurait encore un véritable bois, le parc de Bagatelle semblait sorti d'un songe : un domaine secret comme ceux appartenant aux fées, qui ne se découvrent qu'aux amoureux au cœur pur égarés en forêt de Brocéliande ou sur la carte du Tendre...

C'est à l'heure du déjeuner, alors que les gens

« posés » sont encore à table, que nous partions presque en catimini pour notre escapade vers Bagatelle. Il suffisait de dix minutes en voiture pour se retrouver devant les guichets où l'on payait un droit d'entrée alors minime. Léonard garait sa voiture – souvent la seule – devant la majestueuse grille dorée qui, par une petite porte latérale, donne accès à la large allée que surplombe la voûte d'un feuillage persistant – des thuyas.

Au bout de ce passage sombre, comme il convient lorsqu'on pénètre dans un lieu qui se préserve – la nef d'une église, qu'elle soit chapelle ou cathédrale –, d'un seul coup il y avait la lumière, l'espace, l'étendue, plusieurs carrefours offrant une multiplicité d'allées au choix du promeneur, comme autant de possibilités de bonheur. Nous avions l'envie de les explorer toutes. Et je crois bien que nous l'avons fait.

Au trot !

Chaque jour, le temps nous étant compté, nous nous précipitions dans une direction différente, nous promettant pour le lendemain d'en emprunter une autre !

À la longue, je finis par connaître à la perfection la disposition de ce jardin où quelques constructions ravissantes soulignent sa première destination : le champ de plaisir d'une grande dame ! Une louange à sa grâce, à sa frivolité et à ses charmes... Même si la femme a disparu, son cadre, conçu pour durer, l'évoque à chaque tournant. Ceux qui l'ont dessiné se sont attachés à combler cette femme par tout ce que l'art paysager peut élaborer de plus divers et de plus agréable. On y rencontre des bassins avec nénuphars, une cascade, des kiosques, des tonnelles, un mini-labyrinthe, une terrasse à balustres dominant la Seine, des arbres énormes et rares peuplés à l'époque de paons, des statues, des élévations, de l'ombre et de la clarté, du sable et de l'herbe, des arbustes à fleurs, des bordures de buis, des iris, du lilas, des clématites, des semis de tulipes et de jonquilles au printemps, de l'or en automne, du vert sombre en hiver, et surtout, inégalée, inégalable, trésor parfumé au cœur du jardin, vaste et soignée, chérie, continuellement surveillée, chouchoutée, admirable : la roseraie.

Les roses... J'en connaissais la splendeur depuis l'enfance, car ma mère, comme la plupart des femmes, les adorait. Mais, à l'époque – il ne s'était pas encore trouvé de chanteur ni d'homme politique pour décréter : « L'important, c'est la rose ! » –, on n'en rencontrait que de deux sortes : celles à longues tiges, venant de chez le fleuriste, invariablement incarnat ou d'un beau rose, qui trônaient quelques jours dans de hauts vases ; et celles des jardins : de petits rosiers plus ou moins touffus et bien entretenus déployant leurs boutons parmi la concurrence des dahlias, des marguerites et des iris. Leur présence dans les plates-bandes se perpétuait sans grand faste, et je ne les remarquais vraiment que lorsque ma mère en cueillait une ou deux pour les disposer dans un verre de cristal gravé devant la photo de sa mère décédée, ma grand-mère. Ou bien sur sa tombe, au cimetière. La rose, chez nous, signifiait avant tout hommage et chagrin.

En revanche, à Bagatelle, les roses paraissaient plus vivantes encore que les promeneurs, en tout cas étaient plus nombreuses et ne laissaient présager que bonheur et féerie... Avec quelle profusion enchanteresse elles se pressaient d'éclore ! Sur un espace qui leur était entièrement réservé, sans intrusion d'autres espèces, dans une majestueuse abondance, d'autant plus souveraine qu'elles n'avaient à affronter ni égales ni rivales !

Dès la création du jardin, on en avait planté six mille, en pieds, en buissons, couvre-sol, grimpantes, en lianes, qui atteignaient maintenant le chiffre fabuleux de dix mille variétés. Sans cesse renouvelées, soignées, surveillées, protégées de tout mal : gel, insectes, maladies ou même visiteurs...

Toutefois, à l'époque, je ne m'intéressais guère à leur entretien, seulement à ce qu'elles nous ménageaient, à mon amant et à moi : le plus beau des écrins. Le plus fragile, aussi, j'en avais le pressentiment. Pour l'heure, elles ne figuraient qu'un but : tout le temps de la promenade, Léonard et moi nous dirigions, allée après allée, feignant de n'en rien savoir, vers ce point central, magique, qu'était pour nous la roseraie. Comme, au fil de la diversité des caresses amoureuses, on s'avance plus ou moins vite, parfois en ralentissant exprès, vers le point culminant de l'orgasme.

Lorsque Léonard et moi débouchions sur la vaste roseraie, toujours par le même côté, face au petit pavillon qui tient lieu d'orangeraie, chaque fois tout aussi éblouis d'émotion, nous nous prenions la main.

Certes, les roses ont leur saison, mais elle dure : elle débute au printemps et peut se prolonger jusqu'à Noël. Et si les tiges, le froid venu, sont rabattues pour être retaillées « à trois yeux » en mars, dès les premiers boutons c'est la joie ! La rose est la fleur – dite la plus belle – qui ne déçoit jamais, ne serait-ce que parce qu'elle se donne sans retenue, jusqu'à son dernier souffle, tout en conservant sa pudeur. La rose affirme encore sa suprématie lors de son agonie : elle ne pourrit pas, ne se distord pas, elle s'effeuille pétale après pétale pour ne révéler son pistil qu'au tout dernier instant. Là, elle s'abat comme un oiseau blessé.

On se doute que je ne réfléchissais guère au sort des roses à l'époque, mais seulement au mien, sans aller toutefois jusqu'à m'identifier à ces efflorescences qui allient avec grâce la douceur infinie de leurs corolles aux plus redoutables épines.

Le constat, qui me venait plus au cœur qu'à l'esprit, c'est que Léonard, qui ne m'apportait jamais de fleurs en bouquet, m'offrait en revanche, de mai à Noël, des milliers de roses quasi quotidiennes. De toutes tailles, toutes couleurs, toutes senteurs... Car si les roses exhalent un parfum particulier, il comporte nombre de variantes qui vont de l'excès jusqu'à l'absence... Oui : il est de roses sans odeur, que leur beauté seule suffit à rendre sublimes.

Toutefois, s'il est des roses sans parfum, il n'existe pas encore, pour l'heure, de rose noire ou bleue. Par jeu, Léonard et moi faisions mine d'en chercher, puis d'en trouver pour nous exclamer alors, en nous penchant sur des corolles tirant sur le mauve : « Je te dis qu'elle est bleue... – Mais non, pas du tout ! regarde mieux : elle est rose-bleu, ce n'est pas du tout la même chose ! »

Moments d'enfance, d'oubli du reste et presque de nous-mêmes... Car il n'y a que les enfants pour être capables, dans leurs jeux, de tout oublier, y compris leurs pires chagrins.

Tous les jours, Léonard et moi allions ainsi nous distraire comme de grands enfants sans soucis auprès de nos belles complices, les roses de Bagatelle.

L'heure passant, c'était bientôt fini. La sombre allée des épicéas nous aspirait à nouveau, nous tirant vers la sortie, nous refranchissions la grille d'honneur qui me paraissait moins dorée qu'à notre arrivée, et nous reprenions la voiture.

Le signe manifeste que nous quittions un rêve pour retomber dans le réel était l'attention que nous portaient les gardiens, pareils à des douaniers, au moment où nous passions devant eux : c'est qu'il était interdit de repartir du jardin avec une seule fleur, l'eût-on cueillie presque fanée.

« Vous qui sortez d'ici, quittez toute espérance... »

Il m'arrivait quand même d'emporter au creux de ma main fermée quelques pétales subrepticement dérobés : vestiges d'une rose à l'agonie à laquelle son parfum allait survivre, comme subsiste de ces heures bienheureuses le plus pur de mon amour...

Si la guerre et ses combats fratricides étaient terminés depuis des années, l'esprit de résistance continuait d'animer les meilleurs. Bien sûr, on avait déjà tout vu, et depuis longtemps, dans le domaine de l'horreur, des scandales politiques et de l'injustice. Mais il fallut la fermeté et la conviction de quelques-uns pour que les réalités sociales se révèlent au grand jour. Qu'en soit informé d'abord un petit cercle – dont Léonard et moi faisions partie, fût-ce par notre appétit de lectures en tout genre –, puis le grand public... Il y avait tant à dire, à livrer, à publier qu'il me semble que presque rien n'était passé sous silence par les nouveaux combattants de la plume.

En première ligne, le sort de la classe ouvrière, vite suivi par celui des colonies où couvaient les guerres de libération. Il me fallut un moment pour en saisir les motifs, car nous vivions encore dans l'illusion d'une France grande pourvoyeuse de progrès auprès de populations indigènes qu'on taxait ouvertement d'arriérées, une France dont l'action nous avait été présentée comme un missionnariat par l'Exposition coloniale de 1933, à la Porte Dorée. Un *show* artistique, culturel, zoologique mâtiné d'anthropologisme primaire, dont mes parents parlaient encore avec enthousiasme.

Il y eut aussi – celui-ci me concerna d'emblée – le combat pour les femmes. Bien que ce fût interdit – un crime –, elles continuaient, je le savais, d'avorter à leurs risques et périls. Et même si elles avaient acquis le droit de vote en 1946, elles restaient inférieures sur le plan de la famille, de la garde des enfants, des salaires, de l'initiation sexuelle, de l'éducation tout court. Les femmes n'avaient pas accès aux grandes écoles ni aux postes de pouvoir dans le monde de la politique ou de la finance. Mais on n'en parlait pas. Ou si peu !

Jusqu'à la parution – en 1947 – du livre-clé de Simone de Beauvoir, *Le Deuxième Sexe*. Non seulement cet essai disait tout sur ce que c'était qu'être une femme dans la société d'alors, mais il était tout public. Comme l'étaient les livres impatients, polémiques, parfois furieux et merveilleusement intelligents de Jean-Paul Sartre.

Il ne se publiait pas que ceux-là, même si Sartre et Beauvoir devinrent rapidement les « papes » du mouvement le plus fameux, sinon le plus accepté : l'existentialisme. Nous étions sous le feu de bien d'autres mitrailles qui tout aussitôt faisaient mouche : les ouvrages d'Albert Camus, de Raymond Aron, d'André Malraux...

Je lisais tout, même des auteurs qui, au début, ne touchèrent qu'un public restreint : Maurice Merleau-Ponty, Anthelme, Jean Paulhan, Raymond Queneau, Boris Vian... Sans compter les diatribes émanant de bords opposés, publiées dans des revues telles

Les Temps modernes, la *NRF*, la *Nef*. Le plus clair de cette pensée nouvelle fut bientôt relayé à hauts cris par un tout nouveau magazine politique, *L'Express*.

Tous les jours ou presque, il y avait donc de quoi faire, de quoi penser, de quoi s'interroger.

Croulant sous ce flux incessant d'informations – alors qu'on en avait été si sevrés pendant l'Occupation –, Léonard et moi n'avions pas conscience qu'en ce qui nous concernait, lui et moi, c'était en revanche le silence. L'esquive. Ce que nous reprochions à la génération qui nous avait précédés – de s'être tue sur l'essentiel –, nous le pratiquions à notre tour en ne parlant pas de la nature de nos rapports qu'on pouvait qualifier d'un vilain mot : l'adultère.

Mais, comme nous vivions les choses sans vraiment nous cacher, nous pouvions penser que nous étions des être libres, dans un monde enfin libéré qui se battait pour l'être plus encore... Par notre curiosité d'esprit pour tout ce qui nous entourait ou jaillissait autour de nous – la mienne était aussi grande que la sienne, et, sur plus d'un plan, l'égalait –, nous nous situions aux premiers rangs de l'avancée intellectuelle, et nous prenions même pour des précurseurs.

Issue d'une famille qui n'évoluait pas dans le monde des idées – si ma mère agissait en féministe, ce n'était pas par conviction, mais par nécessité : divorcée, elle n'avait point d'homme pour l'épauler –, j'étais pour ma part assoiffée de connaissances en tout genre. Surtout de celles qui me venaient par les livres, puisque mon entourage parlait si peu. C'est l'écrit, ce que je lui trouvais de justesse et de réalité, d'échos en moi, d'extrême nouveauté, aussi, qui me faisait me placer dans un camp ou un autre. Choisir ma vérité.

On s'est récemment gaussé d'un responsable politique qui parlait des deux France : celle d'en haut et celle d'en bas. (Il voulait dire en fait : celle qu'on écoute et celle qu'on n'écoute pas.) À l'époque, chez les intellectuels, dont Léonard et moi nous targuions de faire partie, la coupure entre ces deux France – en gros, celle qui pensait et évoluait d'une part, et, de l'autre, celle à qui les soucis de la survie ou les rigidités du milieu n'en laissaient ni le temps ni l'envie – était bien pire. Étrangement, cette fracture n'était pas combattue, mais, au contraire, entretenue par ceux qui réclamaient plus que le changement : la révolution.

Si l'on veut s'en convaincre, il n'est que de relire certains textes de Sartre. Pour l'écrivain-philosophe, face aux siens qui représentaient pour lui les « gens d'en haut », disciples, admirateurs, suiveurs, etc., il y avait ceux qu'il considérait comme ceux « d'en bas » : pas vraiment les travailleurs, encore moins les communistes, mais tous ceux qui, en ayant eu vent, n'adoptaient pas mot pour mot ses idées ! À ses yeux, tous ces récalcitrants, traités, injure suprême, de « réactionnaires », étaient des fourbes, des traîtres, des gens de « mauvaise foi », d'irrécupérables imbéciles – à liquider !

Même intransigeance du côté des éditorialistes, qu'ils eussent décidé de se classer eux-mêmes à gauche ou à droite : « les autres », ceux qui ne marchaient pas avec eux, étaient des « nuls » à mépriser, à ignorer, et, dès qu'on le pourrait, à abattre.

La polémique faisait rage, parfois bassement, et

Léonard et moi, sans nous y engager en personne, ne manquions pas de prendre parti. Les sentiers de la forêt de Fontainebleau comme les allées de Versailles en ont entendu de belles sur les maîtres à penser – ou qui se voulaient tels – de l'après-guerre !

Tout autant sur la littérature « à l'ancienne » que nous considérions comme passéiste – dont, à nos yeux, faisait partie un Troyat, éventuellement un Bazin, entre autres, lesquels survécurent durablement à nos oukases... Le ménage fait, nous nous mettions à débattre de la littérature qui commençait d'éclore et que Léonard appréciait particulièrement. Il se dépensait notamment en paroles et en arguments enflammés pour m'initier à cette nouvelle forme d'écriture qu'on avait baptisée « Nouveau Roman ». Parmi ses promoteurs, il y avait Alain Robbe-Grillet, lequel avait décrété la mort du « personnage » à la Balzac, survivance à ses yeux d'un art romanesque dépassé ; Michel Butor, qui élaborait ses romans à étages comme des machines de guerre ou des architectures à la Piranèse ; Claude Simon, grand styliste, qui se livrait à des inventaires aussi maniaques que prodigieux de ce que convoie l'« image ». Sans compter leurs épigones, ces « gourmands », comme on dit des rejets qui poussent au pied des grands arbres pour s'abreuver de leur sève avant de s'étioler et disparaître par manque de forces.

Tout ce « remue-méninges » m'ouvrait incontestablement l'esprit et le cœur, et j'en apprenais tous les jours sur le monde masqué dans lequel j'avais été éduquée, tout comme sur celui qui se mettait en place à coups de belles phrases, d'idées neuves, si ce n'est d'action à proprement parler.

À un « détail » près : la condition des femmes...

J'ai beau me remettre dans l'état d'esprit qui était alors le nôtre, tenter de me remémorer les idées sur lesquelles nous étions si profondément d'accord, Léonard et moi, je ne retrouve rien, dans nos conversations, qui concerne les femmes, la place que leur ménageaient la société, le couple, le mariage, l'entreprise, etc.

Je vois à cela plusieurs raisons. L'une étant que, pour mon compte, j'avais toujours considéré les femmes comme les égales absolues des hommes – du fait que ma mère, artisane, divorcée, sans appui, avait lutté comme un homme, sans en faire toute une histoire, pour élever ses filles et triompher dans son métier. Par orgueil familial, je refusais à mon tour de me regarder comme faisant partie d'une race « inférieure ». Je me jugeais capable de faire face à tout, et, si je n'y parvenais pas pour une raison ou une autre, je me sentais prête à mourir. En somme, à me retirer du jeu. En aucun cas à me faire « assister ».

Et s'il m'arrivait de me plaindre à Léonard, ce n'était pas de la vie que je menais, des obstacles que je pouvais rencontrer dans une société où être femme revenait à se retrouver d'emblée à l'écart, mais parce que je ne pouvais pas vivre à plein notre amour.

L'autre raison qui me retenait de réclamer, c'est que dans le champ qui nous intéressait et nous reliait, Léonard et moi – celui de l'écriture, de la littérature –, les femmes venaient d'entreprendre leur fulgurante ascension. Leur apparition dans un domaine où s'illustraient jusque-là surtout des hommes, leur nouvelle liberté de langage et d'expression n'étaient pas du goût de tout le monde. On a oublié les lazzis et les injures que valut à Simone de Beauvoir la parution du *Deuxième Sexe*. Mêmes protestations rageuses, un peu plus tard, en réaction aux romans « libérés » des « nouvelles jeunes filles » comme Françoise Sagan ou Françoise Mallet-Joris. Telles ou telles de ces demoiselles n'hésitaient pas à confesser que non seulement elles couchaient sans être mariées, mais qu'elles s'adjugeaient des amours homosexuelles et y trouvaient satisfaction ! Quel ramdam dans les familles !

Même audace, pas seulement sur le plan des mœurs, mais aussi dans le style, chez Marguerite Duras, Nathalie Sarraute, Marguerite Yourcenar, d'autres encore...

Or, pour ce qui était de cette littérature de femmes, Léonard se révélait encore plus avide et en avance que moi ! M'en offrant les ouvrages dès leur parution, il m'en fit découvrir plus d'une qui, dussent-elles rester inconnues par la suite, apportaient toutes un son neuf, une façon inédite de voir, de penser, de ressentir, en fait une sensibilité ignorée d'avoir été tue jusque-là.

Leurs dires, parfois à l'emporte-pièce, allaient tout autant changer le monde – y compris le mien –, voire peut-être plus encore, que les revendications policées ou tonitruantes de leurs confrères masculins.

Si Léonard attachait si complaisamment du prix aux œuvres de débutants, je m'en rendis compte au fil du temps, c'est qu'en littérature comme en politique, peut-être aussi sur le plan humain, il admirait avant tout ce qui se développe dans l'ombre ; de même qu'il recherchait – là aussi, je nc le compris que peu à peu – ce qui lui paraissait méprisé, repoussé du pied sur les bas-côtés... et qu'il chérissait alors comme le plus précieux.

À commencer par moi ? N'était-ce pas l'un de mes charmes, à ses yeux, que je sois la « femme de l'ombre » ? Si, j'en souffrais, je ne l'ai jamais entendu lui le déplorer...

Vivre notre relation amoureuse dans l'obscurité, à l'abri du regard d'autrui, lui convenait sans qu'il l'avouât. Je me dis maintenant que Léonard, plus douloureux qu'il y paraissait, arrivait à se persuader, par une sorte de masochisme dissimulé, que tel devait être son propre sort : la réclusion.

Et s'il me contraignait à le partager, c'était avant tout par amour. Un honneur, somme toute, que je nous devais à tous deux d'apprécier.

Comment avons-nous fait pour vivre année après année la même chose sans que rien ne change, n'évolue, et – c'est le plus extraordinaire – sans pour autant nous lasser ?

En réalité, chaque jour, même semblable, me semblait différent, ayant une autre saveur, peut-être parce que j'étais dans l'espérance – ou la crainte ?

Il y eut bien quelques évènements, les uns sans effet, les autres marquants. Ainsi, des tentatives de rupture, plusieurs de ma part, une seule de la sienne. Mais, dans mon souvenir, ces faits se trouvent tous rangés sur le même plan, et quand je les évoque à nouveau, tente de les revivre, de me remettre dans l'état où je me trouvais alors, je les revois baignés d'une même lumière faite d'amour et de souffrance.

L'enfer c'est les autres, venait de proférer Sartre, et rien n'éprouve un amour comme la présence et le regard d'autrui, les commentaires des uns, les réflexions des autres... Sur ce plan du moins nous étions préservés. Léonard et moi ne parlions jamais l'un de l'autre à nos proches ni à nos connaissances. Nous pensions même (naïvement, mais aussi parce que cela nous arrangeait) que nul autour de nous n'était au courant de notre liaison – hormis Pilar et la chatte. Et le fait est que nous ne voyions personne ensemble. Nous ne nous sommes pour ainsi dire jamais attablés avec d'autres – même lors des courts voyages que nous fîmes ensemble.

Car il nous est arrivé à plusieurs reprises de partir pour quelques jours, à ma grande surprise – à mon ébahissement, même. Léonard pouvait donc s'éloigner sans difficulté, sans que le monde s'écroule, des siens et de Paris, de son bureau ? Alors, pourquoi pas plus souvent, pas définitivement ?

Je ne puis aujourd'hui que m'embrouiller dans les dates, la succession des faits, mais les premières exceptions à la règle de fer qu'il nous avait imposée – Léonard venait me voir tous les jours à midi, puis rentrait le soir dîner et coucher chez lui – furent deux ou trois nuits que nous passâmes à Fontainebleau, à l'hôtel de l'Aigle Noir. Maintenant que j'y songe, ce devait être au cours de vacances scolaires où il était censé se trouver seul à Paris, guère plus généreux de son temps pour autant. Peut-être craignait-il de trop forcer sur l'« exception » et de me donner de vains espoirs ou de mauvaises habitudes ?

Il nous arrivait de déjeuner dans ce bel hôtel situé en face du château, quand il faisait trop mauvais ou trop froid pour marcher en forêt. Nous nous contentions de faire sous la pluie le tour des jardins et du château.

L'une des images marquantes qui me sont restées de ce parc magnifique – mais moins que celui de Versailles –, c'est le vol nuptial qu'entreprirent deux cygnes sous nos yeux : après avoir pris leur élan pour décoller ensemble du grand bassin, les lourds volatiles tournèrent longtemps autour de nos têtes en poussant leurs cris d'appel ou de joie, et j'y vis comme un symbole : un jour, Léonard et moi parviendrions à nous envoler et à proclamer ainsi en plein jour, en plein ciel, notre amour.

Je ne l'exprimai pas et, pour sa part, mon amant n'émit aucun commentaire sur la majesté du spectacle que nous avait offert le couple de grands oiseaux blancs dans un parc lunaire d'être aussi désert.

Si Léonard pouvait se montrer loquace et discuter indéfiniment de choses et de gens qui nous étaient extérieurs, il ne me parlait pas de nous.

Sauf lorsqu'il m'écrivait.

Il m'est arrivé de m'absenter, surtout pour aller retrouver ma mère en province, et il en profitait alors pour m'envoyer de longues lettres que j'ai toutes conservées et qu'il m'est si pénible de relire. Elles témoignent d'un tel besoin de moi lié à une telle incapacité d'agir en ce sens !

Au début, je lui ai fait reproche de ce qui m'apparaissait comme une lâcheté incompatible avec ce qu'il était par ailleurs. Mais rarement, car j'eus tôt fait de comprendre que cela ne servait qu'à nous écorcher vifs l'un et l'autre – ensuite il nous fallait du temps pour cicatriser.

Toutefois, je me souviens de lui avoir dit : « Te rends-tu compte que tu fais souffrir deux femmes ? Hermine et moi ? Il faudrait que tu choisisses... »

Est-ce ce jour-là, ou un autre, qu'au bout de quelques instants de silence, il me jeta tout à trac :

« Si je quittais ma femme et mes enfants, je ne pourrais plus me regarder dans une glace... »

Quand je me rappelle cette phrase, je revois le grand miroir vénitien qui se dresse toujours dans mon salon. S'y est-il jeté un coup d'œil en me sortant ce qui me parut alors d'une fausseté et d'une médiocrité indignes de lui ?

De mon point de vue, c'était en vivant comme il le faisait, entre deux femmes, en niant et en martyrisant l'amour qui avait surgi entre lui et moi, qu'il aurait dû avoir honte. S'il tenait tant que ça à avoir honte... Mais je ne suis pas un homme – et, à mes yeux, l'image que l'on peut avoir de soi n'a guère d'importance ; ce qui compte, c'est d'être et de rester dans la vérité du cœur.

J'y étais et m'y tenais : pour moi, il n'y eut que lui au monde en ces années-là. Toutefois, je lui en voulais, je m'en voulais, car je ne savais pas me contenter de ce qu'il me donnait et qui était, je le comprends maintenant, le meilleur de lui-même.

Et si son « image dans le miroir » me semblait vanité, faux-semblant, respect, conformité au quant-à-soi et à l'opinion d'autrui, c'est que j'oubliais qu'il était juif ; même s'il n'était pas pratiquant (ou fort peu : il ne mangeait pas de porc), Léonard avait été élevé dans cette culture archaïque où le mariage et la famille doivent passer avant tout. Avant soi-même.

Catholique de croyance et d'éducation, mariée à l'église mais n'ayant pas hésité à divorcer une fois l'amour éteint, l'important pour moi était de suivre son désir, d'être fidèle à son élan le plus profond, à ce qu'il y avait de plus vivant en soi. Quitte à en mourir.

Souvent, je me répétais les vers du grand poète allemand Heinrich Heine : « Et je suis de cette région où les hommes meurent de leur amour... »

C'étaient mon élégance, ma foi : j'aurais voulu mourir de mon amour. Au diable, le reste, j'y étais prête ! Ce qui, à petit feu et sans que je m'en rendisse bien compte, était en train de m'arriver...

Mais d'abord il y eut les vacances, nos premières grandes vacances. Un mot qui, pour moi, désormais, allait bel et bien signifier « vide » !

*

* *

Avant que tu ne partes au loin, j'ai pensé que tu manquerais peut-être de provisions. Je t'en ai préparé un petit paquet pour ces trois jours, à n'utiliser que parcimonieusement, en cas de nécessité absolue. Ce sont des petits instants à respirer. Tu me diras l'effet que ça t'a fait. Moi, je trouve ça très efficace.

Et puis, ceci encore : je t'aime.

Il s'agissait de petits carrés de papier retenus entre eux par un trombone et évoquant nos bonheurs :

RHODODENDRON ROSE À BAGATELLE

TOI SEULE AIMÉE AU MONDE

MOI JAMAIS PRIS AU DÉPOURVU

LE NEW YORK TIMES À KLEIN SHEIDEGG

LES GÂTEAUX VOLÉS À BRANDEIS

LE VENT GLACÉ À MANNLICHEN

Le film sur Beckett à la Maison de la Radio
La forêt inondée à Versailles
La marchande de journaux à Wengen
La télévision locale à Limoges
Les rochers d'Apremont à Fontainebleau
La neige au bois de Boulogne
La pluie au parc de Saint-Cloud
La valleuse du Curé à Etretat
Le bois des châtaigniers en Limousin

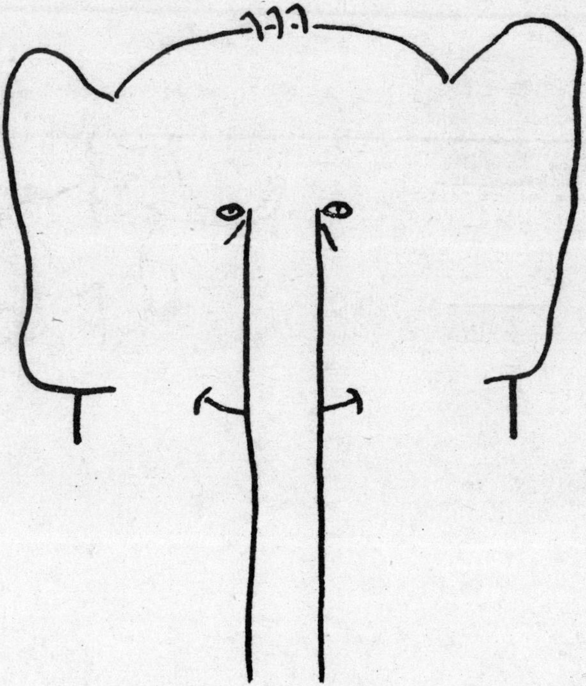

Depuis ma prime enfance, dès le retour du printemps je rêvais de l'été et de ses plaisirs. Je m'imaginais dévêtue dans la tiédeur de l'air, courant éperdument dans les prés, sur les plages, plongeant dans la mer, les étangs, oubliant l'heure avec les jeux, les rires, dans le jour qui n'en finit pas... Jeune fille, je me fichais une fleur de dahlia derrière l'oreille, offrais mon visage à la pluie comme à des baisers, serrais d'un cran ma ceinture sur mes jupons froufroutants.

Ces bonheurs sensuels et simples, à mesure que le soleil montait au zénith, je souhaitais follement les partager à présent avec Léonard.

Il aimait tant m'emmener en pleine nature, là où perçaient les primevères, les premières jonquilles ! Par petit temps de brume, nous étions aussi allés errer au bord de la Manche... Alors l'été, en juillet, en août, ce serait le débordement !

Où irions-nous pour cette première année ensemble ? Je comptais sur lui pour en décider – je l'aurais suivi au bout du monde – quand il me déclara tout de go :

– Que comptes-tu faire pendant les vacances ?

– Mais ce que tu voudras... Et toi ?

– Pour moi, c'est réglé : tous les étés, je vais sur

la Manche avec mes enfants, dans notre maison de famille...

Je l'écoutais, stupéfaite, sans parvenir à y croire : l'homme qui m'aimait n'allait pas me plaquer au plus beau moment de l'année ! Alors que la nature entière est en fête et invite à l'amour ! Ce serait du gâchis, pis encore : une stupidité ! En fait, c'était impossible...

Pourtant ce fut.

Je partis de mon côté, lui du sien, et il en alla ainsi année après année... Les premiers temps, je me réfugiais chez ma mère pour y remâcher ma déception. Ma tristesse, aussi : plus il faisait beau, plus je me sentais malheureuse... Puis j'acceptai d'aller chez une amie qui passait tous les étés dans son mas du Midi où elle peignait pendant que je me morfondais. Pour être plus tranquille, elle n'avait pas voulu du téléphone. À la longue, je finis par louer une maison pour l'été sur une île de l'Atlantique. Là aussi, sans téléphone.

Où que ce soit, ce dont je me souviens le plus vivement, c'est de mon attente éperdue du facteur et des lettres quotidiennes de Léonard. Il m'y racontait ses vacances, comme si, là-bas, à des centaines de kilomètres de moi, il se trouvait seul – il l'était à sa façon ! – à compter les jours qui nous séparaient. À marcher, aussi, à nager. Lire un peu. M'écrire.

Je m'occupais de même, tâchant le plus possible de me dépenser physiquement.

Jusqu'à nos retrouvailles, début septembre dont, pour des raisons qui m'échappent, je n'ai gardé aucun souvenir. Je crois que Léonard me félicitait sur ma bonne mine, moi sur la sienne tout en lui dissimulant mon amertume.

Mais rien à faire, cet homme en avait décidé ainsi : moi ou pas moi, il continuerait d'être un père modèle. Je n'avais qu'à m'y faire.

Est-ce qu'aimer, ça n'est pas se plier aux nécessités de l'autre ? On appelle ça des concessions. Certaines peuvent être perpétuelles... Mais, quand on se résigne à en faire, c'est qu'elles ont leurs compensations.

Tout a été dit sur l'absence et sur ce qu'elle inflige de douleur. Mais il n'y a pas que le trou qu'elle creuse, il y aussi ce qu'elle apporte : le formidable sentiment d'une continuelle présence. Léonard, l'été, ne me quittait pas, il était en moi, avec moi, dans chacun de mes gestes, chacune de mes sensations, de mes pensées. Au plus vif de mon désir. En vérité, je ne voyais, n'entendais que lui... Le reste finissait par ne pas exister. Je vivais à côté de la vie.

*

* *

Mathilde chérie

Trois lettres de toi, ce matin. Non, je ne t'ai pas écrit hier – je te dois un déjeuner, et même beaucoup beaucoup beaucoup plus que ça : tu verras – je pensais à une lettre de toi qui arriverait ce matin et je m'en réjouissais, et puis je me disais qu'à force de me réjouir comme ça d'avance j'allais être déçu et que ce n'est pas une lettre – dans le fond de moi-même j'allais jusqu'à penser qu'il y en aurait peut-être deux – mais trois, et à chacune je m'aperçois que je t'aime encore plus que je ne le sais et pourtant je le sais, mais avec cette sacrée pudeur je n'ose jamais vraiment me le dire, alors je profite d'un moment de liberté pour te le dire une bonne fois, que ça se sache, que tu le saches : il n'est pas une conversation, une minute, une pensée qui ne me ramène à toi.

Depuis le 15, je me suis rapproché de Paris et, depuis quelques jours, je m'étonne chaque matin de n'être pas mercredi. Je te téléphonerai dès que j'arriverai. Tu dînes avec moi ? Tu petit-déjeunes avec moi ? Tu déjeunes avec moi ? Tu dînes... (Décidément, je ne pense qu'à manger. Mais c'est vrai que j'ai terriblement faim, mon dernier vrai repas étant du 9. Noublie pas que je suis en pleine croissance. J'ai plein de choses à répondre à tes lettres, et je crois bien que si je m'écoutais – heureusement, comme tu le sais, je ne m'écoute jamais, ou alors d'une oreille seulement, la mauvaise (est-ce que je t'ai dit que je devenais sourd ? Obèse, chauve et sourd. Et gâteux, non, ça, tu étais déjà au courant, enfin –, je te dirais seulement que je t'aime sur une grande (qu'est-ce qui m'arrive de commencer une nouvelle page ? Tout ça ne me dit rien qui vaille) feuille toute blanche ; si je n'avais dessiné un beau dessin qui ne serait que pléonasmique, tant il ne disait rien d'autre. Mais, comme je ne m'écoute pas, je te raconte que j'ai fait plus de 8 888 kilomètres sans t'embrasser. Mais cela n'a pas trop d'importance, parce que le 8 n'est pas un bon chiffre – surtout à côté du 7 et du 9 qui sont quasi sacrés –, ayant seulement réussi à te briser à moitié la jambe (mais on n'a pas idée d'aller se baigner à Octeville), sans parler du 8 août (un double huit !), un soir, gare Saint-Lazare, qui n'était pas réjouissant non plus. Ce qui fait que je n'ai même plus surveillé le compteur à partir de huit mille huit cent quatre-vingts. C'est lui le plus embêté ! Moi, pendant ce temps, je pensais à neuf mille neuf cent quatre-vingt-dix-neuf (très intéressant, le problème des pluriels et des traits d'union dans les nombres composés !) et combien j'aimerais le franchir tout près du 7 de chez toi, pour mieux te dire le bien que j'en penserais.

Demain midi je n'aurai pas de lettres de toi, mais mercredi, oui, peut-être, et peut-être aussi te verrai-je avec mes mains ? J'ai longuement rêvé de toi,

cette nuit. J'avais une grosse discussion avec tous mes confrères, mon père et mon frère m'accablaient, tu étais seule de mon côté. Bien ému que j'étais en me réveillant.

Est-ce que je t'ai dit que je t'ai dit que je t'ai dit que je t'ai

*
* *

Ma dernière pensée hier soir, et ma première, ce matin, ont été toi. Ça doit vouloir dire quelque chose. Hier, j'ai pris trois longs bains grâce à mon (ton) équipement. Jamais je n'avais été aussi content dans l'eau, sauf quand tu es là en plus. Mais c'était un peu comme si tu avais été là. Un peu seulement. Heureusement, je dispose de mon fils qui, avant l'arrivée de ses cousins, accepte de me servir de partenaire au ping-pong et au deck-tennis. Mais ça ne durera pas. Comment vais-je passer ces vacances sans toi ? Le temps, qui était resté ensoleillé sans interruption depuis le 28, s'est enfin mis ce matin à la pluie. Ça ne m'empêchera pas de me baigner, parce que c'est dans l'eau – comment expliquer cela ? – que je me sens le plus proche de toi. Et pourtant tout, ici, me fait penser à toi : les galets, les mouettes, la couleur de l'eau, les nuages, les arbres, les chemins quand je marche, quand je cours et quand je me repose.

Je t'embrasse. Si tu as des angoisses ou des vertiges, parle à l'éléphantard, il te soignera, il sait ce qu'il faut faire. Il t'aime : c'est moi. La seule chose que je te demande, c'est de tout me dire, toujours.

Je suis plein de toi.

L.

*
* *

Comme tes lettres du 5 et du 6 m'ont fait plaisir ! Comme je suis heureux de te savoir si bien dans cette maison ! Comme j'aimerais te voir, te parler, te caresser !

En fait, je n'ai pas arrêté de travailler et ça n'est pas fini, hélas. Je n'aurais pas pu passer des vacances tranquilles en sachant ce travail à faire à partir du 1er septembre. D'où six jours peu agréables sur la Manche. Je suis rentré hier, vendredi, à Paris jusqu'à mardi. J'y repasserai sans doute vers le 15 et devrai y être de nouveau, probablement, le 29. Je ne vois guère, dans ces conditions, comment je pourrai te voir avant la fin du mois, mais s'il y a une possibilité de le faire, ne serait-ce qu'un instant, je le ferai. Je ne peux pas te dire combien j'en ai envie, combien je pense à toi, combien je suis heureux de toi, toujours.

L.

*
* *

Ce que je préfère dans cette lettre, c'est sa date : le 16, ça signifie qu'on a franchi le sommet et qu'on commence à redescendre. C'est l'essentiel. Le reste, les mots, je crois bien que je ne les aime pas quand je les entends sortir de ma bouche. C'est aux gestes, oui, qu'il faut que tu fasses confiance. Pardonne-moi d'être si muet, si maladroit. Et continue de me parler, de m'écrire, toi qui sais si bien le faire. Mais pourquoi m'attribuer l'opinion suivant laquelle, pour toi, c'est « plus facile » ? Je n'ai jamais pensé ça, ni dit pareille chose. J'ai toujours tendance à penser au contraire que c'est mon lot qui l'est, plus facile, et à estimer que je pèse d'un poids intolérable sur ta vie, ce qui ne m'encourage pas peu à me taire. Même si c'est idiot de ma part. Même si tu me demandes de n'en rien faire. C'est comme ça. Il faut me pardonner, mon chéri. Et me faire confiance quand je te dis que je t'aime – au point de n'être, malgré tout, pas reparti, lundi 8 au soir, quand tu m'as demandé de le faire, à la gare.

Tu m'apprends à nager le crawl. J'ai fait quelques progrès en me rappelant tes gestes. J'espère que tu seras moins honteuse de moi l'année prochaine.

La chemise est formidable. Mais ne suis-je pas un peu vieux ?

C'était épatant, au courrier : une carte, deux lettres et un paquet !

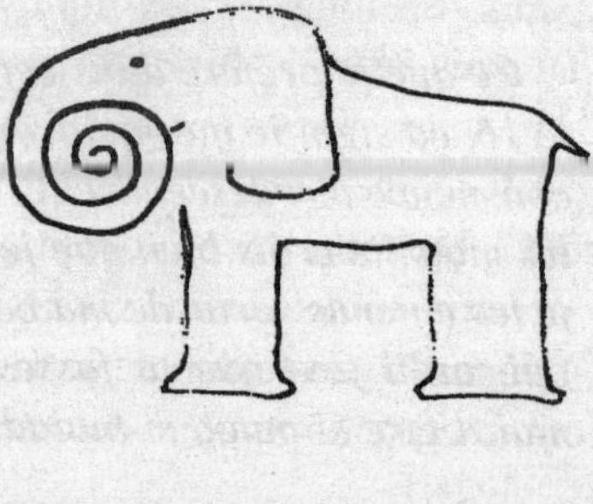

C'est en vain que j'interroge ma mémoire : Léonard et moi ne sommes jamais allés au cinéma ensemble, ni au théâtre. Ni dans un musée (sauf une fois, chez Maeght). Ni au concert ou à l'opéra. Non qu'il méprisât ces sorties, mais quand en aurait-il pris le temps ? En semaine, il ne quittait son bureau que vers les dix-neuf heures, bien après le départ de ses employés. Le samedi, nous revenions tard de notre excursion en forêt de Fontainebleau. Restait le dimanche après-midi où il demeurait en famille, et c'est alors, d'après ce qu'il m'en confiait le lundi, qu'il lui arrivait d'aller voir un film avec ses enfants. Et, si le spectacle lui avait plu, de m'encourager à m'y rendre de mon côté – une libéralité qui m'agaçait d'autant plus que je ne voyais pas quoi objecter.

Mais, en mon for, je traduisais ainsi ses propos : « Tu vois bien, je te laisse libre, tu peux sortir avec qui tu veux. Tu en as de la chance ! Moi, si je sors, c'est forcément en famille ! Et ça n'est pas toujours drôle... De toute façon, drôle, je ne le suis pas ! Pour te divertir, tu seras mieux sans moi... »

Léonard avait le don de se mettre dans la peau d'une victime et, comme pour détourner d'avance toute protestation, d'ajouter que c'était bien fait pour lui, qu'il ne méritait pas mieux !

J'en restais bouche cousue. Toutefois, si j'allais par la suite voir le film ou la pièce indiqués avec ma sœur, une amie, un cousin, ça n'était pas sans remuer mon amertume : que j'aurais aimé m'y trouver avec lui !

Mais je n'avais personne à qui le dire. En famille j'avais pris le pli ne pas parler de Léonard. Non que ma mère, chez qui, faute de mieux, je continuais à déjeuner tous les dimanches, eût trouvé à redire à une liaison, mais elle n'eût pas compris qu'elle restât secrète, comme si elle avait été coupable.

L'était-elle ? Léonard me répétait que sa femme était au courant, et, sans me dire jamais si elle en pâtissait, qu'elle n'était pas opposée à notre relation, et même, à la limite, qu'elle la comprenait.

C'est moi qui lui reparlais parfois d'une souffrance que je nous attribuais à toutes deux : « En ne choisissant pas, tu fais souffrir deux femmes, t'en rends-tu compte ?... » Sur quoi il avait eu cette réponse : « Si tu ne le supportes plus, on peut arrêter là... »

Une perspective qui m'avait terrifiée – je l'aimais trop pour cesser de le voir –, et j'avais renoncé à le tarabuster. À la suite d'autres déconvenues du même ordre, j'appris à garder pour moi mon mal-être. Léonard, qui me complimentait parfois pour ce qu'il appelait ma « tenue », me jugeait d'ailleurs assez forte pour y faire face. Ne m'avait-il pas dit : « Ma femme est incapable de travailler et de vivre seule ; toi, tu peux... » ?

Ainsi, pour lui, j'étais « celle qui pouvait » ! Autrement dit : qui n'avait pas besoin de lui ! Aurais-je dû m'en réjouir ? Plus tard, l'homme que j'irais consulter pour tenter de me tirer de mon impossibilité à rester dans ce déchirement me soufflerait : « Vos qualités vous nuisent ! »

Je lui en voulus tout autant qu'à Léonard : au lieu de me juger, de me soupeser, de m'estimer et, pour finir, de me flatter, aucun homme ne se présenterait donc qui songeât à m'aider ?

*

* *

Les cordes et les ficelles et les câbles de Châteauroux sont venus me voir ici de ta part. Ils sont maintenant repartis et c'est le clair et gai soleil de Normandie qui sèche mon encre à mesure que je t'écris. Mais, comme il commence par chauffer mon stylo qui, tout dilaté, s'épanche doublement sur le papier, un bon buvard ferait l'affaire.

Tout ça pour te dire que je t'aime, qu'on est mercredi, que tu recevras cette lettre vendredi et que je serai mardi – sauf contrordre de ta part – à Paris pour la journée.

Ton Auguste plaît beaucoup à ma fille, mais mon fils se plaint de me voir retomber en enfance. Comme si je l'avais jamais quittée ! Comme si je t'avais jamais quittée !

Je vais aller me baigner. Ce sera l'eau d'Octeville, mais sans les rochers, mais sans toi.

Si, avec toi.

L.

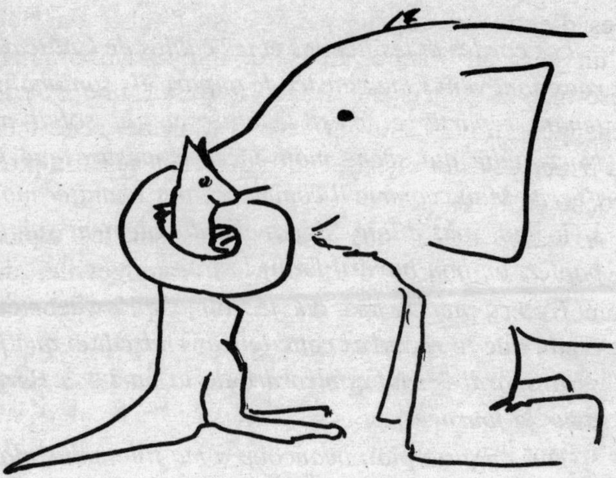

Ces années que je me remémore comme si semblables et en quelque sorte souffreteuses furent traversées d'entractes qui me paraissaient tomber du ciel. D'un jour sur l'autre, Léonard, qui se surnommait désormais « l'Éléphant », me proposait une courte échappée, le plus souvent vers la Manche, cette mer qu'il aimait particulièrement et qui était aussi la plus proche de Paris.

À marée haute, que d'ascensions sur les à-pics herbus des falaises d'Étretat, de Varengeville, de Saint-Valery, de Dieppe, d'Octeville, de Honfleur ou de Trouville ! À marée basse, nous arpentions les plages de galets alors découvertes, auxquelles on accède par les valleuses, ces creux que les cours d'eau se fraient dans la craie.

Était-ce de se retrouver sur le terrain de son enfance, comme au temps de la belle insouciance de l'avant-guerre, qui rendait Léonard si alerte ? J'avais du mal à le suivre et je commençais à ronchonner intérieurement lorsque, soudain, il se retournait, gai, souriant, pour me faire remarquer une fleur, un phare au loin, la couleur violette de l'horizon, un bateau comme suspendu entre mer et ciel. Ses quelques paroles venaient à moi sur lc souffle du vent, mêlées aux cris aigus d'un envol effaré de mouettes.

Comme en forêt de Fontainebleau, il n'y avait la plupart du temps que lui et moi sur ces terrains accidentés, ce qui nous donnait un sentiment de hardiesse, de bout du monde, d'aventure – vite conclue : le jour même, le lendemain ou le surlendemain, Léonard se faisait nerveux, puis déclarait qu'il devait impérativement regagner la capitale. Une fois en ville et chacun chez soi, nous reprenions nos habitudes sans rien changer à nos emplois du temps ni à nos horaires – ou plutôt aux siens.

En sus de me voir tous les jours, sitôt après il m'écrivait des lettres tendres et émerveillées pour évoquer ces escapades, le bonheur profond qu'elles lui avaient procuré et dont il me remerciait – sans qu'il eût trouvé à me le dire sur l'instant.

Chose étrange, au lieu de me réjouir, ces déclarations passionnées me causaient une sorte de peine. Je ne la comprends que maintenant : le bonheur, la « vraie vie », comme on dit aujourd'hui, était à portée de main. Léonard en connaissait les conditions, qui étaient assez simples : la nature, son travail et moi. Et notre rencontre, dont il n'arrêtait pas de se féliciter et de se dire si heureux, si chanceux, au point d'halluciner ma présence quand je n'étais pas là. Pourtant, ce qui, à l'entendre, représentait son plus profond désir, cet homme ne cessait de se le refuser. Il ne s'en accordait que des bribes, n'en prenait que de brefs aperçus, le temps de se convaincre qu'un tel bonheur était possible, avant de s'en retirer au plus vite. Oui, avec quelle rapidité Léonard me quittait jour après jour !

S'il m'était donné de le voir s'éloigner au fond d'un

couloir, sur un trottoir – au tassement de son attitude je devinais qu'il se morfondait déjà en regrets : « Ce serait si bien, si beau, si merveilleux si, au lieu que je parte, nous pouvions vivre toujours ensemble ! N'est-ce pas, petit kangourou ? »

Mais c'était non.

Bien sûr, Léonard était marié, et longtemps je me suis dit que c'était cet engagement datant de sa prime jeunesse, assorti de la responsabilité d'un foyer avec deux enfants, qui l'empêchait d'aller dans le sens de son désir. Qu'en somme, il se sacrifiait afin de respecter la parole autrefois donnée, et que c'était juste, honorable.

Toutefois, pourquoi ne poussait-il pas l'honnêteté jusqu'à assumer totalement ses choix ? En demeurant dans une fidélité totale, quasi religieuse, auprès des siens – lesquels n'auraient sûrement pas demandé mieux ?

Qu'est-ce que je venais faire dans sa vie, moi l'étrangère, la bréhaigne ? Quelle était ma place ? En avais-je une ? Alors, laquelle ? Celle d'une prothèse ?

Nous le savons d'expérience : ce qu'on appelait du temps des bourgeois le « ménage à trois », ou, d'une façon plus moderne, l'« arrangement », existe toujours. Il arrive que chacun y trouve son compte et que la situation se vive fort bien (selon les cas). Mais ce qu'il y avait de surprenant, et, à la longue, d'intolérable dans le comportement de Léonard, c'est que, lorsqu'il était avec moi – et même quand il n'y était pas –, il faisait comme s'il n'y avait que moi au monde ! Il me répétait à foison que j'étais sa seule raison de vivre, qu'il serait perdu, horriblement malheureux sans moi, que tout le reste – hormis son travail – n'était que « devoir ».

J'aurais pu me dire qu'il mentait, exagérait, simulait, comme tout homme qui tient à la fois à conserver et sa femme et sa maîtresse. Or je le sentais terriblement sincère, déchiré, souffrant, dans l'incapacité, quelle que fût la force intime de sa conviction, d'échapper à sa torture. Sauf pendant les quelques heures où il était avec moi.

Pourquoi ce rejet ? Que se passait-il en lui d'aussi incoercible, alors qu'il faisait preuve par ailleurs de tant de courage et d'intelligence ?

C'est cette question – à laquelle je ne parvenais pas à trouver de réponse – qui, peu à peu, allait me détruire.

*

* *

Aujourd'hui j'ai pensé au cloître de Montfort-l'Amaury, autour du cimetière, et au jardin d'Anne de Bretagne avec, vues de haut, les ruines du château fort.

Et ça m'a fait penser au Château-Gaillard des Andelys, puis à Castel-Guyon, puis à cette petite église de campagne, tu sais, au-dessus de la vallée de la Seine. Et tu étais toujours là. Et tu seras toujours là, veux-tu ?

Je t'aime.

Léonard

*

* *

Je n'ai pas reçu encore de nouvelles de toi du Var, et je pars maintenant. Retour dimanche soir, comme tout le monde. J'emporte pour le train la Série noire que tu m'as passée, ce qui me permettra de penser à toi tout en pensant à autre chose – ou plutôt : tout en faisant semblant de penser à autre chose... Malgré tout, je préfère les wagons-lits de Paris-Nice aux secondes du Paris-Le Havre. Mais ce que j'aime pardessus tout, d'avance, c'est le Nice-Paris qui te ramènera la semaine prochaine, Mathilde.

J'aime dire ton nom. Je ferme cette lettre pour ne rater ni le courrier, ni le train. La place qui reste, c'est pour dire que je t'aime.

L.

Il y eut le bonheur partagé de la montagne. Une fin d'hiver, Léonard me déclara qu'il s'était « arrangé » : il pouvait prendre huit jours pour nous permettre de partir ensemble à la neige. Sans qu'il m'en donnât la raison, il choisit pour nous une station ancienne et alors peu fréquentée, en Suisse. Présumait-il que nous n'y rencontrerions guère de Français et personne – ce fut le cas – de connaissance ?

C'est une réflexion que je ne me fais qu'à présent. Sur l'instant, ce qui l'emporta, c'était la joie de m'imaginer avec Léonard dans la neige, sa solitude, ses grands espaces, le luxe chaud de ses hôtels.

Tout répondit à mon attente, sauf une chose : par manque d'entraînement, Léonard skiait moins bien que moi – qui, pourtant, n'étais pas championne –, et le fait que j'étais toujours en avant de lui, choisissant nos pistes, m'improvisant guide pour lui dispenser des conseils, l'exaspérait quelque peu. Sans qu'il me le dît.

Sauf un jour où il éclata !

Le sentant fatigué, et moi ne l'étant guère de n'avoir fait en sa compagnie qu'une descente facile à la vitesse d'un débutant, je lui conseillai de se reposer au sommet tandis que je m'élancerais sur une piste plus ardue que celle que nous avions prise ensemble.

D'où il était, il pouvait suivre des yeux une partie de mon parcours, et pour qu'il soit fier de moi, comme un enfant qui cherche à épater ses parents, je fis en sorte de me surpasser.

En remontant par le téléski, excitée par ma bonne course et joyeuse de le retrouver, je m'attendais à des compliments.

Mais Léonard, figé sur un banc, les yeux sur la vaste étendue du paysage, ne m'adressa pas la parole. Je crus qu'à m'attendre il avait pris froid et qu'il était pressé de retourner à l'hôtel.

Chaussant à nouveau ses skis pour redescendre dans la vallée, il ne desserrait toujours pas les dents, et ce n'est qu'au moment où nous allions démarrer qu'appuyé sur ses deux bâtons il me lâcha son paquet : « Tu aurais mieux fait de venir skier sans moi ; je ne suis qu'un ballot, un fardeau, un bon à rien qui t'ennuie et te retarde... »

J'en restai pétrifiée : loin de moi de considérer comme une charge mon si cher compagnon ! Et si j'avais entrepris cette descente sans lui – après lui en avoir demandé la permission –, c'était par allégresse ; celle que me procuraient sa présence, notre voyage aux confins – la montagne en est un – et le fait qu'ici nous pouvions nous aimer sans contrainte... Un cadeau dont je le remerciais à chaque minute ! Ne le savait-il pas ?

Léonard finit par se rasséréner, ne fût-ce que d'avoir à se concentrer pour regagner le bas des pentes sans trop chuter. Pour moi, je venais de découvrir un aspect de son caractère qui ne m'était pas apparu : Léonard était jaloux !

Je savais bien sûr qu'il n'eût pas toléré que je m'intéresse à un autre que lui. Mais je lui rendais la pareille et nous faisions bien attention, l'un comme l'autre, à ne pas nous blesser sur ce terrain-là.

Toutefois, il était également jaloux de mes amis, filles et garçons. Comme il n'osait me reprocher de voir un peu de monde aux heures où il n'était pas avec moi, en particulier pendant les grandes vacances où il me lâchait un mois durant, cette jalousie-là ne s'exprimait pas. Ou à peine. Ou par son inverse : Léonard me demandait souvent, dans ses lettres, des nouvelles de mes relations et de saluer l'une ou l'autre s'il lui était arrivé, par extraordinaire, de les rencontrer.

Je le trouvais bien poli, bien considéré, sans deviner ce que cette amabilité, qui n'était pas son fort, recelait de fureur cachée.

Et le voilà qui se révélait aussi jaloux de mes rares distractions !

Alors qu'il ne faisait rien pour cela, il me voulait toute à lui ! Ah, s'il avait pu me fourrer dans une boîte – comme on range sa poupée – tout le temps qu'il me laissait seule !... À dire vrai, cela ne m'aurait pas déplu, et c'est même avec joie que j'aurais envoyé au diable tous mes amis et mon entourage si j'avais pu ne vivre qu'avec lui. Oui, fût-ce dans un ermitage, sa présence m'aurait suffi.

Je ne le lui ai dit ni ce jour-là, ni aucun autre, et je ne crois pas qu'il l'ait jamais imaginé. Nous avons continué à nous contenter – en souffrant – de nos à-peu-près.

Coupés de joies brusques, rapides, qui nous rendaient encore plus assoiffés l'un de l'autre. Comme il advint après ce séjour en montagne.

À peine étions-nous de retour que Léonard m'envoya une lettre enthousiaste qui comportait, en guise de signature, un petit éléphant à ski, lequel me fit rire, puis m'attendrit. Un tel balourd, heureux d'être les quatre pattes sur deux planches, c'était tout à fait lui ! Léonard savait se voir, s'il se connaissait mal.

Moi aussi, je me connaissais mal : quand je me mis à perdre l'équilibre, physique d'abord, puis mental, je ne compris pas ce qui m'arrivait. Ni pourquoi. N'étais-je pas aimée, adorée, même, par l'homme que j'aimais ?

Lequel, à tout prendre, faisait de son mieux, me téléphonait dix fois par jour, m'écrivait sans cesse, venait me voir quotidiennement, m'emmenait promener tous les jours et chaque fin de semaine... Que pouvais-je demander d'autre ?

De devenir « réelle ».

Mais qu'est-ce au juste que la réalité ?

*

* *

Au dos d'un carte postale représentant un minuscule skieur sur fond de montagnes enneigées :

Il me semble bien que c'est moi qu'on voit sur la carte, terrorisé dans un chasse-neige désespéré. Mais non, ce n'est pas moi, car tu serais là, toi aussi, et c'est vers toi que je serais en train d'aller, pestant contre mes maladresses et honteux d'être si peu digne de toi. Mais, à l'intérieur, je suis sacrément content que tu sois là, parce que je t'aime et que j'aime tant respirer, marcher et même skier à côté de toi ; ça a un goût tout à fait spécial et si j'ai un peu mal à la poitrine, tu sais, je crois bien que c'est que je ne m'habitue pas encore très bien à te savoir si proche, à être toi toutes les heures de la journée, tout comme j'aime t'entendre respirer la nuit. Mais je ne sais pas te le dire.

Cette ligne-là pour t'embrasser pendant plein de jours, plein de mois, plein d'années, plein, plein

Lorsque, pour la première fois, Léonard m'invita à l'accompagner à l'un des congrès auxquels le conduisait son entreprise, je n'en crus pas mes oreilles. Il était donc prêt à partir avec moi, en couple, au su et vu de personnes qui ne manqueraient pas de répandre la nouvelle : Léonard, le discret, avait une femme dans sa vie ? Qu'en était-il alors de la sienne ? Qu'en pensait-elle ?

Je me retins de lui faire part de mon étonnement de peur qu'il ne se reprît, et je me souviens de l'alacrité avec laquelle je fis ma valise. Le congrès avait lieu dans le sud de la France, nous étions au printemps et j'emportai des tenues claires et légères, accessoires assortis, en prêtant une attention particulière au choix de mes tenues de nuit... Mon amant m'aurait emmenée à Venise que je n'aurais pas été plus émue !

Un voyage commence dès la gare de départ, et en prenant ce qui s'appelait le Train Bleu je me sentis comme au cinéma : aux anges. Le wagon-lit de première aux cloisons en marqueterie, le contrôleur aux petits soins, le quart de champagne, tout était conforme à mes rêves, roulant sur les rails du romanesque...

Quoique dormant sur des couchettes superposées, nous passâmes donc cette première nuit ensemble. De même les suivantes : c'est dans un des plus beaux hôtels de la région que Léonard nous avait retenu une chambre pour deux dont les trois fenêtres, l'une avec balcon, donnaient sur la mer. Comme il avait l'habitude de se réveiller tôt pour jaillir hors du lit, dès le petit déjeuner avalé, nous descendions jusqu'au bord de l'eau marcher un bon moment sur un chemin de douaniers.

J'étais déjà venue dans le Midi avec Pierre, puis avec des amis, mais je ne l'avais jamais vu comme ces jours-là. Tout m'y paraissait enchanteur : les couleurs, la végétation, le lever et le coucher du soleil, les marchés... Il faut dire que Léonard était épanoui. Était-ce d'être presque constamment avec moi, ou d'avoir échappé à ses habitudes ? En tout cas, je vivais à travers lui sa prise de liberté.

Rien d'exceptionnel, cependant : chaque jour de cette semaine-là, il allait passer plusieurs heures avec ses collègues dans le vaste bâtiment où se tenaient leurs assises ; puis il me retrouvait à déjeuner dans quelque bistrot provençal. Le soir, il m'entraînait à nouveau dans une promenade, à pied ou en voiture, selon son humeur, et me racontait sa journée, les discussions, les décisions prises. Nous ne sommes sortis aucun soir : le noctambulisme n'était pas dans ses goûts, il préférait que nous dînions calmement sur la terrasse de l'hôtel.

Pourquoi est-ce que je me souviens tout particulièrement d'un déjeuner pour lequel, ayant ce jour-là plus de temps à y consacrer, il m'emmena au bord d'une petite plage – j'ai oublié laquelle – dans un restaurant qui dominait la mer ?

Nous étions assis sous un parasol, avions commandé du poisson, et je nous revois tous deux, presque seuls – peu de clients en cette période de l'année –, dans une intimité si silencieuse et familière que les garçons durent nous prendre pour un couple installé.

Est-ce cela qui me procura un sentiment d'apaisement si grand que je me le remémore au bout de tant d'années : être vue par les autres comme une femme normale – en fait, une épouse ?

Avais-je à ce point le désir d'exister dans le regard d'autrui, fût-ce celui de restaurateurs anonymes ? Moi qui me croyais « libérée », n'étais-je pas la plus conformiste des femmes ? Aspirant à un lien légal avec celui qui était alors l'homme de ma vie ?

Je crois plutôt que dans le bonheur j'avais besoin de durée, comme tous les êtres humain. Car si Léonard m'assurait de la pérennité de notre lien, il trouvait aussi le moyen de me laisser entendre que ces moments de vie pleine étaient tout à fait exceptionnels et risquaient fort de ne jamais se renouveler.

Une sorte de supplice de Tantale : « Vois comme ce serait bien si nous vivions ensemble ; mais cela ne se fera pas ! »

Au bout de huit jours, il fallut reprendre le train pour Paris et je ne me souviens absolument pas de ce voyage de retour, si ce n'est qu'une fois devant la gare de Lyon nous prîmes des taxis séparés. Pour rentrer chacun chez soi.

L'escapade était terminée.

Reprendre cnsuite notre vie ordinaire, tellement hachée, fut pire que si cette échappée n'avait jamais eu lieu.

Du moins pour moi.

*

*   *

À quoi, à qui tu penses en ce moment, je ne sais ; moi, je pense à toi, à ton corps, à ta voix, à tes mots, à ta nudité. Je suis avec toi, en toi, et c'est une douleur tout à fait délicieuse – masochistement parlant. Je t'écris cela au soleil, à peu près nu, seul, seul avec toi, et quand je pense à ce que j'écris, j'ai bien envie de déchirer cette lettre comme j'en ai déjà déchiré pour inconvenance, laisser-aller et stupidité. Surtout stupidité.

Je t'aime, mon chéri, au point de t'envoyer cette lettre-ci malgré la honte qu'elle me procure. C'est une preuve, ça ! Au cas où il t'en faudrait. Mais sans doute penses-tu en ce moment à autre chose – à qui ?

Je pense à toi, je t'aime.

Ta chemise à rayures fait l'admiration et j'ai rajeuni de dix ans pour la porter. Me reconnaîtras-tu en septembre ?

Parle-moi de toi, de ce que tu fais, de ce que tu vois, des play-boys que tu as découverts et de tes amants, le cas échéant.

Moi, ici, rien. Un éléphant tout seul, tout nu, sur une plage de galets. En forme de cœur...

L.

*
* *

Quelle bonne idée, ce téléphone ! Je n'étais jamais resté tant de temps sans t'entendre ou te lire. Quatre jours. Je ne sais pas si tu te rends compte ! Non, tu ne te rends pas compte. Ah la la ! (Faut-il des accents graves sur le « la » ? Impossible de savoir, l'expression n'est mentionnée ni dans le Larousse en deux volumes, ni dans le Grevisse. Ne serait-elle pas française ?) Je m'ennuie énormément en ton absence, de ton absence. Mais je suis quand même content que tu ne sois pas ici par ce temps moite. Je profite un peu de la mer par toi. (C'est gentil, non ? Et en plus c'est vrai. Voilà ce qui s'appelle aimer, il me semble. (Toujours très satisfait de moi, comme tu vois. Et de la beauté de mes sentiments. Hé oui... Mais c'est parce que je t'aime. (Tu parles d'une raison !)))

Et toi, est-ce que tu ne m'oublies pas un peu ?

L.

*
* *

Comme Paris est silencieux depuis hier soir. Depuis ce matin, surtout, où je ne t'ai pas entendue. Une semaine, presque. Je vais tâcher d'aller passer une journée à Anvers, ça me changera les idées – et ça fera un jour de gagné.

Je n'ai jamais qu'une seule chose à la fois dans la tête : c'est toi.

Est-ce que tu te souviens de moi ? Moi, de toi, oui, très bien. De mieux en mieux. Tu nages, tu deviens brune, brune, tu te reposes, tu respires, je t'embrasse, tu es couchée, tu marches dans la campagne, je t'aime, tu devrais mettre un chapeau par ce soleil, tu lis un livre et beaucoup d'illustrés, tu vas faire le marché à Bandol en 2 CV : je suis toujours là. Impossible de te débarrasser de moi. La plage de Trouville s'étend jusqu'aux antipodes.

L.

6 heures. Je suis bien content d'avoir attendu jusqu'à maintenant pour fermer l'enveloppe ; j'ai eu le temps de recevoir ta lettre. J'aime ton écriture. J'aime les mots que tu dis.

Tant de « *Je t'aime* », « *Jtaime* », « *Jet'a* » « *Jt..* » ! Le mot allait parfois en se raccourcissant, mais pas l'effet qu'il me faisait. Encore maintenant, quand on me dit « Je t'aime » ou « Je vous aime », c'est comme si l'on passait une éponge sur la réalité : elle s'émousse, je ne la vois plus avec netteté, elle ne me concerne qu'à peine... Je suis dans un rêve, une brume m'enveloppe, me protège, à travers laquelle je n'aperçois le monde et ses événements que de façon floue...

On m'aime. Qu'ai-je à demander de plus ?

Pendant des années, Léonard me les a redits tous les jours, ces quelques mots divins. J'emploie ce mot exprès : lorsque vous allez à l'église d'une religion ou d'une autre, l'officiant ne cesse de vous répéter que vous êtes aimé de Dieu, qui que vous soyez, pécheur ou non, et que cela doit vous suffire. Que vous êtes pardonné grâce à cette parole, sauvé de tout mal puisque englobé dans l'amour divin.

Mais également dissous. Ce qui m'arriva.

Engluée dans ce discours amoureux, je n'envisageais plus grand-chose d'autre à faire ni à désirer ; c'était comme une drogue qui anesthésiait mon jugement, me conduisant parfois à des aberrations.

Je me souviens d'un samedi où Léonard m'annonça à la dernière minute – j'étais pratiquement sur le pas de ma porte – que nous n'irions pas marcher en forêt, car il venait d'accepter un rendez-vous très important hors de Paris. Lui qui ne s'aventurait jamais hors de nos quartiers ni de nos rites !

J'entrai en crise, raccrochai sans vouloir décrocher quand il chercha à me rappeler, boudai, m'enfermai chez moi où je pleurai toute la journée ; je me sentais abandonnée alors que j'aurais pu profiter de ce *break* pour entreprendre bien d'autres choses dont j'étais d'ordinaire empêchée : voir des amis, aller au cinéma, visiter une exposition, un musée, faire des courses – en somme me reposer un peu de lui !

Mais j'en étais devenue incapable, ces samedis étaient la bouée qui me permettait de surnager, ils m'appartenaient, ne le savait-il pas ? Comment osait-il m'en priver ? Aucune des raisons qu'il ait pu invoquer ne m'aurait paru valable !

C'est l'effet néfaste d'une routine amoureuse, elle devient tyrannique ; on se retrouve sans défense lorsqu'elle fait défaut. Et l'on s'enfonce...

Autre stupidité de ma part : cette même année, j'étais pour tout le mois d'août sur une île de l'Atlantique alors que Léonard, comme chaque été, passait ses vacances en famille dans le Nord. Dès le début de notre amour, je m'étais heurtée à la rigueur de cette séparation annuelle que tentaient d'adoucir ses lettres quotidiennes. Entre le facteur, ma boîte aux lettres et moi, la liaison était forte et je haïssais les dimanches qui ne m'apportaient rien.

Toutefois, je devais faire face à ce qui m'était

imposé, et la vie solitaire que je menais au cœur de cc petit village, dans une vieille maison louée, n'était pas sans charme : la plage, la mer, l'été, des roses-trémières, la chatte que je sentais heureuse et qui me le témoignait par ses frottements, ses ronronnements... Jamais je n'ai autant dessiné de fleurs et d'animaux que cet été-là.

Soudain, Léonard est devant moi ! Sa haute silhouette s'encadre dans l'embrasure d'une porte alors que je n'ai rien entendu, qu'il ne m'a pas prévenue de sa venue, ce vieux chais n'ayant pas le téléphone.

Il arbore son plus large sourire, tout heureux de me faire une surprise dont il est convaincu que je ne peux que me réjouir ! Il se trompe, mon cœur s'est arrêté net à son apparition : c'est que je ne suis pas préparée à un tel choc, si lui-même l'a prémédité !

Ce qui renforce mon émotion, c'est d'ignorer ce que son arrivée impromptue peut bien signifier. Ai-je le bref espoir, quoiqu'il n'ait pas de bagage, que mon amant débarque pour passer le reste du mois avec moi ? Ses premiers mots ont tôt fait de me détromper :

« Tu comprends, je me suis débrouillé pour entraîner ma famille jusqu'ici sans leur dire que tu y es ; j'ai prétexté une marche sur la plage pour m'éloigner quelques heures, mais je ne dois pas rester, ils m'attendent au village voisin... »

Alors la colère m'emporte, une rage qu'aujourd'hui je juge imbécile : « Comment oses-tu emmener les tiens sur *mon* territoire ? »

Pris de court – il avait cru bien faire –, Léonard tente de me rappeler que la France est à tout le monde, mais je ne veux pas l'entendre. Quand on doit se passer de quelque chose ou de quelqu'un, on se blinde, on fortifie ses défenses, on s'établit le moins mal possible dans le manque et l'attente...

Et voilà que mon amant avait surgi le temps de briser ma bulle protectrice, pour repartir le mal fait.

Auparavant – n'est-il venu que pour ça ? –, il compte bien me faire l'amour !

Je me dis qu'il est venu profaner, saccager une solitude que je m'efforce de supporter par amour pour lui, qu'ensuite il me laissera brisée. Encore plus mal en point qu'après nos déjeuners dans mon appartement où il n'a jamais cherché à s'installer, n'y laissant rien qui lui soit propre, ni brosse à dents ni objet personnel... Il n'est chez moi que de passage.

De même qu'ici ! Ne m'a-t-il pas dit en entrant : « J'ai su que c'était là que tu vivais en apercevant ton châle bleu : je l'ai reconnu par l'imposte... » À croire que je ne suis pour lui qu'un agglomérat de signes, d'accessoires, de sensations auxquels il tient certes passionnément, mais sans m'accorder le statut d'humaine, d'être souffrant.

Ma colère croît et je veux le chasser dans la minute... Mais il a l'air si malheureux que je finis par consentir à faire l'amour, puis lui donne du fromage et du pain. Toutefois, je me refuse à l'accompagner jusqu'à sa voiture pour éviter de le voir partir, agitant joyeusement sa main par la portière...

Je n'ai pas su où il s'était garé, ni combien de temps – un jour ou plusieurs – il avait séjourné sur « mon » île, ni s'il s'était baigné dans « ma » mer, ni si sa famille avait trouvé du charme à la balade qu'il leur avait ménagée sur « mon » territoire.

Pour tenter de me calmer, et de se justifier, Léonard avait insinué que si l'endroit plaisait à sa femme, qu'est-ce qui les empêcherait, l'année suivante, de louer une maison proche de la mienne ? Ainsi nous pourrions nous voir tous les jours !

On conçoit mon indignation devant ce qui passa à mes yeux pour une habileté amoureuse ! Et qui était une marque d'amour.

*

* *

Devrais-je ne pas t'écrire ? Mais tu peux déchirer mes lettres quand elles arrivent – et, encore maintenant, celle-ci. J'aimerais tant que ce qui te vient de moi te procure sinon de la joie, du moins de la douceur. Je n'ai guère l'impression d'y parvenir. Parmi les lettres que je t'ai envoyées et qui abondent ces temps-ci, voici un éléphant de juillet qui s'est ravisé au dernier moment : il avait déjà la trompe engagée dans la boîte du bureau de la rue du Four. S'il te parvient, tu peux le garder sans risque : il n'est, lui, ni égoïste, ni méchant, ni avare. Et il ne sait pas jouer.

Léonard.

*

* *

De t'avoir touchée hier soir au téléphone, entre les deux trains, et d'avoir pu, à cause de cela, te voir quelques minutes à la gare, m'a fait un peu

comme la fois où je t'ai rencontrée rue Gozlin, à Saint-Germain-des-Prés, devant la vitrine d'une coutellerie aujourd'hui disparue où je t'ai acheté le porte-clés avec la médaille à l'effigie de John Kennedy, que tu as perdu ensuite, ou qu'on t'a volé dans ma voiture à Apremont – et la preuve, c'est que je me suis aperçu, hier, après t'avoir quittée, que j'avais perdu, sans doute d'avoir couru pour te rapporter les journaux, mon propre porte-clés, avec les clés de mon appartement et celles de mon bureau. J'ai pris cela pour un signe – un signe heureux ! De toute façon, les signes sont toujours heureux quand ils te concernent.

En allant vers la gare, hier soir, je songeais à toutes ces choses que j'avais à te dire. Je ne t'en ai dit aucune, absolument aucune, malheureusement, et c'est peut-être mieux ainsi. Non que les choses que je voulais te dire aient été dures ou amères. Au contraire, figure-toi. Elles étaient douces et pleines de vie à venir. Mais tu n'étais probablement pas en état de les entendre, non pas à cause de la mort de ta tante – ou peut-être si, à cause de cela.

J'ai été heureux que tu m'écrives de là-bas, de chez ta mère, et que tu me dises que ces trois jours que nous y avons passés ensemble avaient été heureux pour toi : ils ont (ils auront ?) été pour moi les trois seuls jours où j'ai vraiment vécu avec toi au milieu de ta terre, et j'avais l'impression de ne pas t'avoir connue avant, et c'est un souvenir dont je sais qu'il restera merveilleux.

À cause de moi, de mes silences continuels, de mon incapacité à laisser sortir de ma bouche tous ces mots que j'ai à dire, ne serait-ce que ceux qu'il faut pour prononcer la phrase : « Tu ne veux pas passer une partie de tes vacances avec moi ? où tu voudras ? » – et devant ce mur qu'avait dressé mon mutisme et qui, blessure après blessure, t'avais figée dans un refus longtemps douloureux mais peut-être enfin aujourd'hui en voie de guérison, de telle sorte que tu peux enfin, peut-être, apercevoir derrière moi comme la lueur d'une libération, devant ce mur que j'avais malgré moi construit de mes propres mains, je me suis tu une nouvelle fois, la dernière, peut-être, pour te laisser partir seule – c'est-à-dire sans moi – dans ce train qui t'emmenait ailleurs.

J'aurais certes pu te téléphoner ce matin pour te demander des précisions sur ton retour, mais il m'a semblé – ai-je eu tort ? non, n'est-ce pas ? – qu'une telle démarche t'agacerait. D'ailleurs, je commence à en avoir assez de ces coups de téléphone où je ne te dis rien que d'inessentiel, rien de ce que j'aurais vraiment envie de te dire. Si tu veux me répondre malgré tout, tu peux toujours le faire à mon bureau. Je ne sais quand je partirai, ni où, mais je suis sûr en tout cas de repasser par Paris plusieurs fois au cours du mois.

À propos de la mort de ta tante, je sais, on se sent coupable de rester vivant. Mais il ne faut pas. S'il y a une chose dont il ne faut pas se sentir coupable, c'est d'être là.

Heureusement que tu es là.

Léonard.

Que de bonheurs, par ailleurs ! Non, je ne me contredis pas, l'amour vit d'espérance et le nôtre, d'être brimé, en comportait plus que beaucoup qui s'épanouissent en plein jour.

Dès que nous partions ensemble pour une plus ou moins longue promenade, j'avais le sentiment confus, inexplicable, que cette fois c'était la bonne, que c'était enfin pour toujours !

De même, en semaine, lorsque je lui ouvrais la porte : Léonard était là ! Mon attente était terminée... Je crois que son sourire enchanté, comme libéré de tout souci, n'y était pas pour rien. J'en déduisais que nous étions parvenus au but : rester ensemble.

On n'allait plus pouvoir nous séparer.

Ce qui se vérifiait l'espace de quelques heures.

Parfois de quelques jours.

Car il y eut d'autres voyages. Nous sommes retournés par deux fois à la montagne, et Léonard vint me rejoindre, une fin d'été, sur mon île.

Pas plus d'une semaine, certes, mais les lettres qui suivirent pouvaient donner le sentiment qu'il y avait fait un long séjour, tant il avait tout vu, tout su goûter. Et tout lui avait plu, lui agréait, il ne s'était plaint de rien, ni du temps, ni d'un repas raté, d'une mer trop grosse ou trop froide, d'un pneu de bicyclette crevé. Il en avait loué une pour rouler avec moi et, tous les soirs, nous allions à vélo contempler le coucher du soleil, assis sur un rocher isolé dominant la mer, à espérer le rayon vert !

Lui qui se montrait si difficile, vétilleux, d'après ce que j'avais pu en percevoir, que ce soit en famille ou au bureau, lors de cette trêve qu'il s'accordait semblait en paix avec lui-même.

C'était exquis – d'où ma peine accrue quand le moment venait qu'il s'en aille.

L'un des séjours qui me marqua le plus fut celui qu'il fit à nouveau, seul avec moi, dans la maison de ma mère alors absente. Au cœur d'une campagne relativement sauvage, ce lieu isolé donne le sentiment d'être hors du monde et rien, je crois, ne pouvait mieux convenir à Léonard. Il n'était plus dans « sa » vie, il se sentait dans une autre. Celle qu'il aurait souhaitée ? Qui lui était interdite ? Par quoi ? Par qui ? Par sa conscience, ce qu'il pensait devoir aux siens ? Ou par quelque chose de plus secret : une culpabilité plus profonde dont il n'avait pas même conscience ?

Quoi qu'il en soit, nous y avons été heureux à chaque heure du jour et de la nuit. Léonard en oubliait même d'avoir envie de marcher, ce qui prouvait son absence d'angoisse. Et j'ai des images – des photos, aussi – de cet homme, d'habitude si agité, allongé sur une chaise longue, parcourant nonchalamment ses journaux.

Léonard nonchalant : quel miracle !

Puis il lui fallut rentrer et il me demanda de le raccompagner avec ma voiture à la gare de la ville voisine, à une cinquantaine de kilomètres de là. Plus nous nous rapprochions des agglomérations et des zones industrielles, plus je le sentais se durcir. Cela se traduisait par sa reprise d'un monologue ininterrompu sur le monde tel qu'il allait – et surtout n'allait pas. On aurait dû faire ci, ou ça, et comme on ne le faisait pas, cela tournerait mal...

Quand on dit « on » ou « ils » pour se plaindre des agissements d'autrui, on désigne par là des instances persécutrices et anonymes – sinon, on les nommerait : Léonard retrouvait les ennemis intérieurs qu'il s'était forgés à mesure que nous revenions vers le monde ordinaire.

Une fois sur le quai, il monte dans son wagon, s'engage dans le couloir dont il abaisse une fenêtre ce qui était alors possible. Il me dévisage. Je porte une petite robe d'été, sans manches. Au moment où le train s'ébranle, le voilà qui me lance : « Tu as de beaux bras ! »

J'ai trépigné de rage en lui criant je ne sais quoi de désagréable. Et mon amant ne comprit sans doute pas pourquoi j'avais si mal pris son compliment !

Moi, je le savais : qu'avait-il à me parler du plaisir que lui procurait la vue de mes bras au moment même où il s'en arrachait, les laissant vides ? Et moi, seule, comme d'habitude ?

En fait, d'avoir été un moment heureuse pour ne plus l'être m'affolait, et j'étais incapable – je me le reproche, maintenant – de profiter de ce que cet homme m'offrait.

Or, cette succession de tristesses et de bonheurs,

n'est-ce pas le tissu dont est composée toute vie ? D'où vient que notre cœur est incapable de s'y faire et s'obstine à se torturer en torturant les autres ? Jusqu'à tout détruire par une sotte exigence.

C'est ce qui allait se produire – mais j'avais peut-être des excuses.

Lui aussi.

*

* *

... Hier j'ai été marcher au phare d'Antifer. Il faisait le temps qu'on a là-bas, pluie et nuages noirs. J'aime tant cette campagne avec toi. Rentrant d'Antifer, j'étais fatigué et je repensais à ma fatigue de Dieppe : comme je l'aimais, d'avoir fait plein de choses avec toi, et aussi de rentrer m'allonger à tes côtés ! Je sais, tu vas me dire que justement, on n'est pas rentrés se reposer, à Dieppe. D'accord, mais on aurait pu. Cela aussi que j'aime : qu'on n'aille pas au bout des choses, qu'on ne les épuise pas, qu'il reste toujours un bonheur possible. Est-ce que tu connais la chance, oui, la chance que nous avons de nous aimer et de pouvoir le faire malgré tout ? Il me semble que rien n'existe au regard de ça. Tu trouves peut-être que je ne suis pas difficile, ou qu'ayant la part belle, je puis me permettre sans grand mérite de me satisfaire d'une situation dont toi, tu souffres à tous moments ? Je ne sais pas. C'est possible. Possible que tu penses cela, et possible que tu aies raison de le penser. C'est pourquoi je n'en parle pas, en général. Les enfants sont ici

et j'ai le sentiment – à tort ? – qu'ils ont besoin, qu'ils ont encore besoin de moi. Et puis... Mais non, c'est trop difficile de parler de ça : ça n'est déjà pas aisé à vivre. Je ne sais si tu as déjà senti ça dans ta vie ; moi, très souvent, presque toujours : choisir ce qu'on fait sans être capable de le justifier, même à ses propres yeux, tout en sentant qu'il faut faire ça, pas autre chose.

Comme je m'exprime mal ! N'en parlons plus. Peut-être, une fois, de vive voix, si ça se trouve, comme on dit. Ce que je sais, c'est que je t'aime et que j'ai envie, envie de ta présence chaque jour, envie que tu existes, envie de t'aimer, envie de tes lettres, envie de ton avis sur tout.

Bonjour, mon chéri.

L.

Suis-je en train de me plaindre ? D'intenter quelque tardif procès à un homme que j'aime toujours ? Je crois plutôt que je m'étonne comme je n'ai cessé de le faire à tous les instants de ma vie avec lui. Comment pouvait-il – lui, si intelligent, opiniâtre – soutenir une manière de vivre aussi insensée ? Et comment moi, si détachée, désinvolte, parfois excessive, ai-je pu si longtemps endurer un tel quotidien ?

Par l'enfance.

On dit que ce qui nous attache avant tout à un être, c'est qu'on perçoit en lui ce qu'on n'est pas – notre complément, en quelque sorte. Il est vrai que cet homme faisait montre d'une discipline, d'une rigueur de comportement dans la poursuite de buts à long terme, dont j'étais bien incapable – et qui donc me fascinaient.

Mais lui reconnaître ces qualités-là relève de l'admiration, pas de l'émotion. Ce qui m'émouvait, me serrait le cœur, c'était de tout petits faits, des scènes de rien du tout, à peine racontables. Vous savez, quand on se sent touché si fort qu'on se dit : là, je pourrais mourir, je suis comblée, béni soit le Ciel, tout est bien !

Ainsi la chatte siamoise eut des petits. Six. Ils naquirent sur mon lit où elle avait l'habitude de dormir contre moi, la Michkatte, et quelle surprise, au matin, de les voir déjà à ses tétines. Je plaçai tout ce joli monde dans une vaste corbeille en osier et quand Léonard survint pour notre déjeuner quotidien, je l'emmenai d'emblée considérer l'attendrissant spectacle. La chatte, qui le connaissait, miaula à son approche comme pour lui dire : « Regarde ce que j'ai accompli, admire ! »

Ce qu'il fit, souriant largement comme lorsqu'il était ému, mais il ne se pencha pas sur les minuscules chatons aux yeux clos, et je m'imaginai que cette vie grouillante le dégoûtait peut-être un peu, lui, l'intellectuel qui avait eu certes des enfants, mais ne vivait pas dans la compagnie d'animaux.

Les chats grandirent et commencèrent à sortir de leur corbeille pour crapahuter en tous sens. L'attention avec laquelle la chatte les suivait, ramenant auprès d'elle ou dans la corbeille celui qui s'égarait trop loin, est l'un des souvenirs qui m'ont le plus marquée. Ma mère m'avait répété : « Le plus grand des amours, c'est l'amour maternel. » On peut rétorquer que, chez les bêtes, il s'agit d'un instinct, qu'il est à durée limitée, la femelle reprenant son indépendance et allant jusqu'à repousser, rejeter sa progéniture. Toutefois, tant que cet amour est à l'œuvre, rien ne l'égale – il agit jour et nuit et j'étais surprise de voir comment la Michkatte attendait que les petits chatons eussent mangé tout leur saoul, quand ils commencèrent à se nourrir de sardines et de carottes écrasées, pour s'alimenter elle-même. Elle restait assise à distance, la queue enroulée autour de ses pattes, jusqu'à ce qu'ils aient fini, et n'allait qu'alors vers l'écuelle, prête à se contenter de leurs restes.

Un jour, quand j'ouvris la porte d'entrée, elle accourut vers moi, ce qu'elle n'avait pas fait depuis la naissance de ses petits, préférant rester auprès d'eux, et tous ses chatons suivaient derrière elle, la queue haute. Quel accueil !

Est-ce ce jour-là ou un autre que les petites bêtes beiges aux yeux si bleus entreprirent l'escalade de Léonard ? Après que nous eûmes déjeuné et fait l'amour, il s'était mi-allongé sur un divan bas quand les chatons se mirent tous les six à la fois, en s'aidant de leurs minuscules griffes, à grimper le long de son pantalon pour se blottir dans son gilet et jouer avec sa cravate.

Léonard ne protesta pas, n'eut aucun geste de répulsion ou de recul, je vis même ses longs doigts esquisser des caresses.

Je pris une photo que j'ai gardée. J'avais le sentiment de lui avoir fait découvrir quelque chose vis-à-vis de quoi il tenait la plupart du temps ses distances : l'animalité. En fait, sa capacité d'entrer en relation avec sa propre part animale – et il m'était, j'en suis sûre, reconnaissant d'avoir pu, grâce à mes chatons, s'y laisser aller.

Moment d'enfance.

Il y en eut d'autres...

*

* *

J'avais tant de choses à te dire aujourd'hui que je t'ai fait un petit dessin. Bien sûr, il n'est pas bien joli, surtout si on le compare à ceux que tu fais, mais je te demande de me pardonner ma maladresse. Il pleut et le ciel est noir, mais je pense à Nice et à la plage de Saint-Jean-Cap-Ferrat où je vais t'emmener bientôt. Tu verras comme l'eau est claire. Il y a aussi une belle exposition à la Fondation Maeght. Il faudra que nous y allions très tôt le matin, pour y être seuls, cela ouvre à dix heures, je crois. Hier soir, je suis passé à Dieppe, et ce matin j'ai fait Fontainebleau. Tu aurais aimé : il n'y avait que nous. Même Versailles est un délice et un désert. Figure-toi que j'en ai profité pour pousser jusqu'à Wengen où j'ai cassé un ski... Je ne t'ai pas quittée.

Je t'

L.

*
* *

Les jambes des femmes sont des compas, dira plus tard, en les filmant, François Truffaut. Afin d'arpenter, de mesurer le territoire des hommes ?

Derrière Léonard, cet arpentage sans destination allait devenir mon lot, ce qu'il allait me faire vivre jour après jour, de semaine en semaine, d'une année l'autre.

Mais il m'aimait, n'est-ce pas ?

*
* *

Généralement, je pense à toi. Même en dormant.

Éléphant fakir allant se coucher.

encore [illegible]
on se [illegible]
craign[illegible]
[illegible]
[illegible]
av[illegible]
maison [illegible]
[illegible]
[illegible]
[illegible]
[illegible]
[illegible]
[illegible]
[illegible]
[illegible]
[illegible]
[illegible]
[illegible]
[illegible]
de même temps [illegible]
ensemble. A [illegible]
alors quelques jours, [illegible]
avait beau [illegible]

Pendant des années je n'ai pu m'approcher du coffre où se trouvent rassemblées les lettres de Léonard. Je craignais, ne fût-ce qu'à revoir son écriture, une commotion qui me plongerait dans un état de douleur proche de la mort, en tout cas de l'agonie.

J'avais raison de l'éviter dans la mesure où il me paraissait important – l'était-ce ? – de continuer à vivre, de me forcer à rencontrer d'autres êtres, éventuellement d'autres hommes – s'il pouvait encore en exister pour moi... Maintenant que le temps m'autorise à les relire pour différentes raisons qui sont miennes, il n'y a pas une ligne de cette correspondance qui ne me bouleverse. Tantôt de culpabilité : j'aurais dû demeurer aux côtés de cet homme, à ses conditions, j'étais bien assez forte pour le supporter – la preuve : je suis toujours là... Tantôt d'ahurissement : mais comment pouvait-il m'écrire des lettres aussi passionnées, aussi avides, aussi exigeantes, m'assurant qu'il désirait ma présence à toutes les minutes de sa vie – et en même temps faire en sorte que nous ne soyons pas ensemble ? À peine quelques heures d'affilée, rarement quelques jours, jamais la nuit. Ce qui fait qu'il avait beau m'enjoindre d'être heureuse – pour que lui-même puisse l'être –, je me retrouvais, le reste du temps, dans une intense solitude, habitée par ses mots, cloîtrée par la violence de son désir, au point que j'étais devenue incapable de profiter de quoi que ce soit sans lui.

Maintenant que tant de roses sont nées depuis lors à Bagatelle et ailleurs, se sont épanouies pour passer, trépasser, ces lettres qui ne cessent d'évoquer avec précision un lieu, un geste, un moment, une parole, me prouvent combien Léonard avait raison : nous avons vécu un million de choses ensemble.

*

* *

Hier, j'ai fait avec toi une longue promenade. J'espère que tu n'es pas fatiguée. Si tu l'es, et même autrement, viens te coucher. Ça ne peut pas faire de mal. J'aime recevoir, comme ce matin, deux lettres de toi qui ont l'air bien contradictoires. Mais qui ont l'air seulement. En vérité, elles s'additionnent très bien. Et je t'ai déjà répondu, hier : « Si tu crois en moi, dit-Il, le reste te sera donné par surcroît. Je te le dis en vérité. » Sauf que ce n'est pas en moi qu'il faut croire, c'est en nous, ce qui est relativement plus facile, la foi en moi ne représentant plus alors qu'une partie, finalement négligeable, de l'ensemble. Ce n'est certes pas gagné d'avance – mais qu'est-ce qui est gagné d'avance ? Rien. Heureusement. Mais ça a une chance. Une bonne chance.

Je t'aime. Tu me connais encore bien mal, si tu crois que c'est par inadvertance que j'ai laissé ma peau dans ton lit. C'est pour que tu l'emmènes sur la Côte. J'aime la voir bronzée, au retour, surtout à côté de la tienne. J'ai seulement conservé par devers moi trente-huit centimètres carrés de cuir chevelu sur lesquels je me livre chaque soir à des cultures expérimentales à la versaillaise (tu te rappelles, au fond du parc, au bout du Grand Canal ?), mais je ne compte pas, à vrai dire, obtenir des résultats visibles avant plusieurs moissons, si tout va bien. Pour l'instant, des secteurs naguère à demi vivaces retournent plutôt à l'état de cailloux. Me serais-je trompé d'engrais ? Sèmerais-je à l'envers ? Ou tout simplement le terrain serait-il trop ingrat ? Mais je ne crois pas : les éléphants sont connus pour leur mémoire. Je me souviens de chaque instant qu'ils ont passé avec le kangourou, leur bon maître. C'est qu'ils l'aiment, voyez-vous.

J'ai fait un dessin, mais il n'est pas très joli, sauf la culotte de bain de l'éléphant. Mais j'aurais mieux aimé qu'on voie l'autre côté, parce qu'on aurait vu le kangourou, et c'est très joli, un kangourou, rudement plus joli qu'un éléphant, et plus gentil, et plus intelligent, et plus tout. Sauf lourd : c'est moins lourd qu'un éléphant.

La dernière ligne est pour te dire bonjour sur la bouche.

L.

*
* *

... J'aime ce que tu dis de ta vie, j'aime que tu nages comme moi, que tu lises les livres que j'ai lus, sur lesquels nous sommes, je crois, et une fois de plus d'accord. Il n'y a aucune jeune femme ici, que toi. J'ai tant de choses à te dire et à faire à côté de toi. Ce seront des mots vrais. Tous les jours j'attends la nuit, mais c'est parce que le lendemain je serai plus près de toi. Il ne faut pas que tu aies mal à la nuque. Il faut que tu penses à nous et que tu sois gaie. Quand je pense à toi, je suis gai. Essaie.

Je t'aime, mon chéri. Quand tu recevras cette lettre, le 15 Août sera passé.

L.

*

* *

Il doit être content, l'élégourou, au bord de la mer, avec ce soleil et tout. Nous autres, ici, on s'ennuie un peu. J'ai rencontré hier à la gare de Lyon ton vieux copain L. Je me demande comment tu peux fréquenter un type pareil ; qu'est-ce que tu lui trouves ? En plus, il est affreux, avec son gros ventre, son crâne chauve et ses yeux qui se tiennent par la main au-dessus de ce nez interminable. Heureusement que tu as des gens comme moi qui t'aiment et qui sont beaux et intelligents et gentils, et qui te conduisent au train et qui t'achètent des réveils pour Pilar et de beaux magazines à 1,25 franc et même un Astérix à 7,10 francs. Heureusement.

Heureusement que j'ai toi qui dessines si bien et qui m'achètes plein de cadeaux somptueux pour meubler mes vieux jours. Heureusement, ça oui.

Je t'aime.

L.

Élégourou au bord de la mer avec le soleil et tout (le soleil est trop haut pour qu'on le voie).

*

* *

Trois lettres de toi, ce matin : celles du 13, du 14 et du 15 ; il est vrai que je ne t'ai pas lue, hier. Mais, lettre ou pas, je t'attends toujours – ou du moins j'en ai l'impression. J'ai d'autant plus aimé ton dessin recto-verso qu'il comportait un cœur bien plus joli que celui que je t'ai envoyé hier. J'ai beaucoup ri en te lisant (Chanel, tes rêves, la marchande de bonheur), mais surtout j'étais tellement heureux et je t'aimais tellement de te savoir – il m'a semblé – heureuse ! Est-ce que je t'aime plus que je ne t'ai jamais aimée ? C'est en tout cas la conscience que j'ai de la chose. Ça ne m'empêche pas de dormir – le bonheur ne m'a jamais empêché de dormir –, mais cela peuple joliment mes nuits. Et mes journées aussi, et jusque dans l'eau lorsque je me donne des leçons de crawl en tâchant de me rappeler comment tu fais. Question endurance, au moins, j'ai fait des progrès sensibles. D'ailleurs, je fais toujours des progrès quand je pense que je t'aime. Voilà, il me semble, un bon signe et une bonne raison de poursuivre. Je viens derrière toi, je t'entoure de mes bras et je t'embrasse dans le cou, dans le creux du coude, sur ta hanche. Bref.

Ici, je m'efforce d'avancer mon travail le plus possible. Autant que je n'aurai pas à faire à Paris à ton retour.

L.

Je ne quitte plus ta chemise, elle me parle de toi et elle est très belle.

*
* *

Le soleil a disparu samedi et il tombe aujourd'hui une pluie grise et intermittente. Heureusement, le courrier m'a encore apporté ce matin trois lettres de toi : du 18 (le kangourou sur les vagues), du 19 (la mise à mort du crocodile d'août et la longueur de mon nez), du 20 (tes amants). Réponse générale : que je suis heureux avec toi ! Réponse particulière : qu'est-ce que je t'aime ! Réponse subsidiaire : je rentre à Paris après-demain en huit, le mercredi après-midi, et toi ?

Malheureusement, mes relations à moi ne disposent pas d'adolescentes blondes ou brunes de seize ans dont je puisse te décrire les charmes. Il ne me reste qu'à ronger en silence les affres de la jalousie sans pouvoir espérer en susciter chez toi la moindre parcelle. Tu vois bien que mon lot est le plus difficile...

J'entends du Vivaldi qui me parle de toi et m'en dit un bien, mais un bien !... Au point que je ne peux pas te le répéter maintenant. Mais je te promets que je te le dirai. En te caressant. J'ai rudement envie de te caresser en ce moment. Enfin bref, bref. Bref. Je t'aime et j'ai bien envie de finir cette lettre comme on finit les lettres, en t'embrassant là où on embrasse les kangourous. Tu sais où on embrasse les kangourous ? Moi, je sais. Je ne peux pas te le dire en ce moment, mais je te promets que je te le dirai.

En t'embrassant, mon chéri.

L.

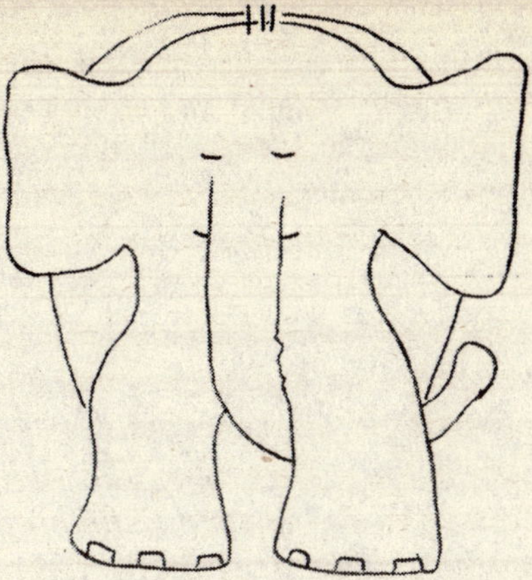

Éléphant écoutant du Vivaldi.

Le même vu de dos.

Les amoureux véritables s'inventent un univers, un domaine imaginaire avec ses rituels, ses mots de passe, ses ridicules – si l'on peut qualifier ainsi naïvetés et enfantillages –, où ils sont seuls à pénétrer en y promenant leur amour. Qu'ils se séparent et il n'en reste rien, qu'un peu de buée dans les yeux quand, des années plus tard, l'un ou l'autre resonge à ce paradis perdu. Ou s'il lui arrive d'entendre à l'improviste quelque air connu qu'il continue d'appeler « notre chanson ».

Veut-il faire partager son émotion à ceux qui l'entourent ? Il n'y parvient pas. Les autres demeurent fermés à un enchantement à jamais singulier : d'autant qu'ils ont le leur, tout aussi clos.

Je persiste à penser que ce qui n'était qu'à nous deux, à Léonard et à moi, invisible à tout autre, c'est une roseraie où ne poussaient que des roses sans épines. Miracle dû aux soins incessants de celui qui s'en était fait le gardien en même temps que l'ordonnateur.

Il y avait chez cet homme qui jamais n'eut à mon endroit un mot plus haut que l'autre, jamais n'émit la moindre réflexion blessante – ses lettres sont le reflet de son état d'âme et de son esprit – quelque chose d'adorable.

Maintenant que toutes mes roses ont des épines, il m'est délicieux de savoir qu'un tel homme a pu m'aimer.

Ai-je vraiment fait tout ce qui était en mon pouvoir pour nous tirer de l'ornière ? De l'immobilisme, puis de la dégradation... ? Parfois je me dis que oui, parfois que non – j'étais bien seule, en quelque sorte sans amis, privée de conseils, et mon analyste demeurait silencieux.

Avec le recul, je me dis que cet homme-là – voué à la neutralité – avait dû prendre son parti dans notre histoire, évidemment sans me le dire : il était « contre »... Contre Léonard chez qui, à travers mes propos, il avait peut-être décelé une forme de perversité. Il devait également être opposé à la poursuite d'une liaison à laquelle, après tant d'années – bientôt dix ans –, il ne prévoyait sans doute pas d'issue heureuse. La sagesse des nations le sait aussi bien que les thérapeutes : un homme marié qui tombe amoureux d'une autre femme divorce tout de suite – ou jamais.

En plus – les analystes sont aussi des hommes ! –, à force de me voir et de m'entendre trois fois par semaine, celui-ci avait dû finir par s'attacher quelque peu à moi, peut-être même à m'aimer. Je le sentais à certains petits signes qui me faisaient plaisir mais qui n'allaient pas dans le sens de l'objectivité absolue.

Pour ce qu'il devait estimer être mon « bien », il me poussait – ce qui était censé correspondre à sa fonction – à me « sortir de là ».

Sans être analystes, dès que nous voyons l'un ou l'autre de nos proches souffrir immodérément du fait d'un autre, nous en faisons tout autant : « Mais quittele, quitte-la ! Tu ne vois donc pas qu'il ou elle te détruit ? »

En même temps, cette passion hors du raisonnable vous fait vivre au-delà de vous-même et de la vie courante, souvent si décevante. La preuve en est que lorsque tout est fini, au soir de la vie, c'est d'avoir autant aimé, autant souffert qu'on se souvient avant tout. *Je l'aimais tant, mon amant de Saint-Jean* – et le sourire vous monte aux lèvres devant de petites photos un peu jaunies. « Que nous étions jeunes et beaux, tu ne trouves pas ? »

Il y eut ainsi l'appartement loué à Trouville.

On en arrive à se lasser de marcher des heures sans parvenir nulle part, et que de fois, tout en avançant, je considérais avec envie une maison ou l'autre, au bord de la route. Ah, si elle avait été mienne, nous aurions pu y faire étape, nous y retrouver pour quelques heures, quelques jours !

Me vint alors l'idée de louer un petit appartement de deux pièces et demie à Trouville, dans une rue parallèle à la plage, non loin des célèbres *Roches Noires*. L'idée ne déplut pas à Léonard, nous étions au printemps et je l'invitai à venir m'y retrouver le samedi matin – le voyage en train est si court – pour repartir avec ou sans moi le dimanche soir.

Je le revois débarquant à la gare, un samedi tôt, aussi souriant et étonné que lorsqu'il m'avait rejointe à la campagne pour y devenir mon amant.

Cette nouveauté-là – faut-il dire cette transgression ? – fut elle aussi idyllique. Paradoxalement, Léonard, si attaché à son rituel, appréciait d'être débusqué de ses habitudes. Du moins pour un temps ! Longue marche sur le sable de la plage, poisson acheté au marché, cuit par mes soins, crevettes grises, cerises – c'étaient les premières –, et surtout sieste, suivie encore d'une nuit entière. Petit déjeuner sur le balcon que je qualifiais de terrasse : en se penchant, on pouvait voir la mer !

Ça y était, nous vivions ensemble. La simplicité du lieu l'enchantait, avec sa toile cirée, ses chaises paillées, son lit aux montants de bois. Il était bien, nous étions bien.

Puis ce fut l'heure du retour à la gare, des adieux – on aurait pu se croire dans *Un homme et une femme*. Heureusement, nous allions nous revoir le lendemain lundi, à déjeuner comme d'habitude, car je comptais rentrer tôt en voiture... Et le samedi suivant n'était pas si loin, après tout.

Ce bonheur inespéré ne dura pas : j'avais loué pour trois mois, Léonard ne vint me rejoindre que trois ou quatre fois, les autres fins de semaine il allégua je ne sais plus quelle obligation, la nécessité pour lui de terminer un travail urgent, d'accompagner un de ses enfants ici ou là, d'aller rendre visite à ses parents. Le tout sans moi, évidemment, et qu'avais-je à objecter ?

Je me trouvais bête, avec cet appartement sur les bras.

Encore un coup pour rien – un timide essai, non transformé. Je dénonçai le bail auprès de l'agence, oubliai jusqu'à l'adresse de ce refuge illusoire, cessai d'aimer Trouville, sa plage et ses rues vides.

Je commençais à ne plus espérer ni savoir qu'inventer.

Et lui ?
À quoi songeait Léonard, tout ce temps-là ?

*
* *

Les seuls moments où je suis vraiment triste, c'est quand tu l'es. Surtout quand, en plus, tu l'es à des centaines de kilomètres de moi. Heureusement je sais, en t'écrivant, que tu seras là dans quelques heures. Heureusement, car si je n'avais pas ça pour me soutenir, je ne sais pas si j'aurais assez de courage pour te dire d'en avoir. Ça ne tient pas debout, je sais, mais c'est comme ça. En somme, ça se résume à : sois ici et sois gaie, le reste je m'en charge. Tu vois que je ne suis pas bien intelligent. Ni bien courageux. Ni même bien honnête, peut-être – à toi de juger. Mais je t'aime, oui. Est-il besoin de te le redire ? (Oui, dit-elle. Absolument.) Bon. Bon, bon. Je te le redis. Je t'aime. Je t'aime. (Tu vois, dit-elle, tu n'y crois pas.) Alors là, comme culot ! Mais simplement ce sont des choses qu'on ne dit pas. (Ah ! et pourquoi donc ?) Je ne sais pas, moi, par pudeur peut-être. (Pudeur !) Ou simplement parce que l'obligation où je serais de te le dire impliquerait que ça cesse d'être vrai quand je ne le dis pas. (Sophiste, pense-t-elle.) Ou je ne sais pas, moi, je ne suis pas un écrivain, moi, ni un intellectuel, ni... (Oh, la barbe, la barbe ! Tu veux que je te renvoie cette lettre ?) Non. C'est pas que je la trouve si bien que ça, ma lettre, et tu peux très bien la déchirer ou la brûler, ou simplement la jeter au panier – elle n'avait qu'une raison d'être, c'est de te dire bonjour –, mais, ne me la rends pas, parce que ça voudrait dire que je t'aurais fâchée, et justement c'est la chose que je n'aurais voulu faire pour rien au monde.

Je te tiens dans mes bras.

L.

[illegible]

[illegible]

C'est tout le contraire [illegible] est [illegible]
agréable, de plain-pied, mais le jardin est bordé d'un

Cette année-là, le redouté mois d'août débute encore plus mal que les précédents. La chatte a eu ses petits et, ne pouvant la laisser seule à Paris, je décide de l'emporter en vacances avec moi avec les deux chatons que j'ai gardés.

Pour quelle raison ai-je loué par une agence une maison avec jardin au bord de la Méditerranée alors que son climat ne me réussit guère ? J'éprouvais peut-être le besoin de sentir autour de moi, à défaut de ceux que j'aurais le plus souhaités, les bras maternels et consolateurs d'une mer plus chaude que l'Atlantique ou la Manche.

Le voyage en train-voiture fut déplorable ; les chats, que j'avais drogués sur les conseils d'un vétérinaire, ne s'endormirent pas : les yeux révulsés, ils s'agitèrent toute la nuit dans le wagon-lit que j'avais pris pour pouvoir les y libérer.

À l'arrivée, je récupère ma voiture et remets les chats dans leurs paniers ; au bout de quelques dizaines de kilomètres, je franchis le portail de la maison louée et me crois enfin parvenue dans un havre.

C'est tout le contraire ! Certes, la maison est vaste, agréable, de plain-pied, mais le jardin est borné d'un côté par une voie ferrée, de l'autre par une voie express. (Plus jamais je ne louerai sans avoir visité au préalable !) Sur deux côtés, un haut mur sert de clôture, mais, sur un autre, il n'y a que des barbelés. Dès que les chats auront flairé le passage, ils s'y précipiteront, friands d'aventure, pour se faire écraser illico par un train ou quelque voiture... Dois-je les enfermer tout le mois, par cette chaleur, où rentrer sur-le-champ à Paris dans mon véhicule qui n'est pas climatisé ? (Je ne veux plus du train...) Une idée me vient : je sors acheter des mètres et des mètres de filet de pêcheur et entreprends, grimpée sur un escabeau, de les suspendre tout le long du fil de fer.

Soudain je glisse, par un malencontreux réflexe je me rattrape aux barbelés et m'enfonce plusieurs pointes dans la paume. C'est profond et ça saigne abondamment. Le médecin chez lequel je me rends me fait quelques points de suture accompagnés – c'est inévitable – d'une piqûre antitétanique.

Et je tombe malade : fièvre, migraine, accès de faiblesse, vertiges. Impossible d'aller au soleil, encore moins de me baigner ; le séjour tourne au cauchemar.

Je ne sais ce que j'en raconte à Léonard, qui se trouve en vacances avec les siens, mais ses lettres se font inquiètes. Plus exactement il m'implore, de courrier en courrier, de lui dire que je vais mieux. C'est qu'il ne peut pas supporter que je sois mal en point ou déprimée, ou, comme il me le reproche parfois, triste.

Je m'aperçois que c'est lui qui se considère comme le plus à plaindre, s'il m'arrive quelque chose. Sur l'instant, cela m'irrite : ne peut-il penser à moi plutôt qu'à lui ? Et, bien que ce soit la période de ses sacro-saintes vacances en famille, ne pourrait-il bouger, se déplacer, venir à mon secours ? S'offrir pour me reconduire à Paris où je serais certainement mieux qu'ici, ou alors chez ma mère pour m'y reposer, me rétablir ?

Mais cela lui était impossible, je le comprends maintenant, car son angoisse était encore plus forte que la mienne : quelque chose en lui, que je ne percevais pas puisqu'il ne m'en parlait pas, craignait sans cesse le pire. À la moindre faille il imaginait la catastrophe en marche. À laquelle il ne pouvait faire face.

Ai-je fini par le rassurer, résignée à ne rien attendre de lui pour ce qui était d'une aide concrète ? Ses lettres en tout cas se sont calmées.

Mais pas moi. C'est à partir de là que tout s'est mis à tanguer autour de moi. Résultat de la piqûre antitétanique ? Si c'était le cas, ces vertiges se seraient estompés au cours du mois ; or, au contraire, ils ne firent qu'empirer. Jusqu'au jour fatal où, enfin de retour à Paris – quelle peine j'eus à conduire ! –, un après-midi où j'étais descendue dans le métro, je fus prise d'une violente envie de me jeter sous la rame.

Une pulsion qui devait couver en moi depuis longtemps, issue d'un furieux besoin de me sortir d'une situation que je n'arrivais pas à maîtriser et que figurait bien la motrice faisant bruyamment irruption dans la station.

Je me voyais faire – car il existe en nous une instance qui reste hors d'atteinte, quelque bêtise que nous commettions, quelque drame que nous traversions. À l'instar d'un bon ange, le nôtre, qui, lorsque cela va trop mal pour nous, ne peut que pleurer tout en nous surveillant et en priant pour que nous revenions à la raison.

Ce jour-là, mon ange gardien fit en sorte que je remonte à la surface en vitesse et rentre chez moi pour y appeler une amie psychanalyste. Je lui confiai ma perte de contrôle dont elle mesura sur-le-champ la gravité. Elle me donna rendez-vous dans l'heure, et c'est ainsi, forcée par les événements, n'ayant d'autre choix, que je me retrouvai sur le long et lent chemin de l'analyse.

Cette aide précieuse était comme une corde, une main-courante qui me séparait du précipice. Elle n'était composée que de mots et, au début, je faisais bien attention de ne pas regarder du côté du vide, m'astreignant seulement à mettre un pas devant l'autre, alors même – dans une perte de contrôle qui me reprend jusqu'à me faire trembler quand je suis par trop émue – que le trottoir qui me menait chez la thérapeute n'arrêtait pas de tanguer.

C'était une bien étrange expérience, une douloureuse épreuve, une atteinte aussi à ma fierté : je me croyais quelqu'un de libre et d'indépendant, or je découvrais que j'avais furieusement besoin d'aide. Je ressentais ce besoin comme une tare, une maladie, laquelle n'affectait qu'une partie de moi, puisque tout le reste de ma personne parvenait à donner le change.

En effet, des mois durant, je n'avouai pas à Léonard que j'étais entrée en cure, qu'il y avait désormais un tiers entre lui et moi, un témoin. Que nous n'étions plus seuls dans notre amour.

À ma surprise, cet être qui m'était si proche, physiquement et moralement, en quelque sorte mon double, ne s'en était pas aperçu.

N'avait-il conscience que de lui-même et de ses seuls besoins ?

J'avais beau m'en affecter, cela ne m'empêchait pas de l'aimer autant.

*

* *

Ce silence de deux jours, tu me connais, je l'avais interprété de mille façons : tu t'amuses trop pour m'écrire, tu avais oublié, une de mes lettres t'avait fâchée, etc. – en oubliant seulement la bonne (la bonne, enfin...) : que tu étais dans l'impossibilité physique de le faire. Et c'est d'autant moins pardonnable de ma part que, par une sorte de sympathie télépathique, je viens de passer deux jours au cours desquels je n'ai presque plus pu bouger – je crois que c'était quelque chose comme des rhumatismes. Ma petite écriture rabougrie d'aujourd'hui en est une trace, la dernière, j'espère ; mais il faudrait pour cela qu'il se mette à faire beau.

Allons, assez parlé de moi quand c'est toi qui es blessée. C'est vrai que ça ne nous vaut pas grand-chose, d'être séparés. Mais il était inutile, je pense, de pousser la démonstration aussi loin. À moins qu'au contraire – c'est cela ! – nous ayons inconsciemment choisi l'un et l'autre de rassembler nos maladies et infirmités de l'année dans le mois où elles risquent le moins de gêner l'autre ? J'aimerais seulement que tu ailles aujourd'hui aussi bien que moi. Il me semble que ta lettre, même si elle m'a fait souffrir par les nouvelles tristes qu'elle m'apportait, m'a aussi un peu réconforté, parce que c'était une lettre après deux jours sans.

Mon chéri, je t'ennuie avec mes histoires. D'autant plus insignifiantes que la vraie raison de mon déplaisir était l'idée que tu ne voulais plus m'écrire. Tu ne peux pas savoir comme je suis déjà mieux depuis le moment où j'ai commencé cette lettre. J'ai trouvé avant-hier et me suis acheté un très très joli kangourou gris qui s'installe sur ma table de nuit et me regarde dormir. C'est peut-être lui qui m'a guéri de ma semi-paralysie, bien qu'il n'ait pas semblé, le premier jour, très efficace. Il a bien une longue queue, mais pas de poche sous le ventre. Ça doit être une espèce spéciale. J'ai essayé de le dessiner, mais il est beaucoup mieux que ça. Et très-très gentil. Il a eu mal à la main, mais c'est presque fini maintenant. Heureusement, comme ça, on peut le serrer contre soi sans risquer de lui faire mal.

Tu vois, ce que j'aime le mieux avec les kangourous, c'est que c'est l'animal de la Création qui rebondit le mieux. C'est ce qu'il appelle, lui, toucher le fond. Les éléphants, eux, c'est toujours là. À attendre que le kangourou revienne. (Ce que je déteste le plus avec les éléphants, c'est que c'est l'animal de la Création qui a le plus de culot.)

Je t'embrasse, mon chéri, je t'aime et je t'embrasse.

L.

*
* *

Ma Mathilde, je suis venu à Trouville pour revoir la plage et les planches où j'ai marché avec toi. Tu peux m'appeler le matin vers 9 heures, ou aux heures de repas si le cœur t'en dit. Je serais heureux d'avoir entendu ta voix, mais je ne veux pas t'envoyer à la poste à une heure qui ne te conviendrait pas. De toute façon, j'espère que tu seras à Paris dans quelques jours, comme moi. Je pense beaucoup à toi. J'aimerais que tu sois heureuse. Je ne m'amuse pas beaucoup, et je t'aime. Trouville est très bien, mais ça n'est pas ton île.

L.

Il n'y avait pas que moi à dissimuler, empêtrée que j'étais dans mon analyse, mes non-dits ; Léonard aussi avait ses secrets. Je ne parle pas seulement de ceux qu'il partageait, comme il est naturel, avec sa femme, voire avec d'autres – va-t'en savoir : désormais, je ne crois plus du tout à la transparence, fût-ce entre gens qui s'adorent. Y participait tout ce qu'il ne me disait pas de ce qui le concernait directement, et lui seul, dans son plus intime.

Premier indice : il entreprit d'apprendre l'hébreu, ce qu'il ne me confia que tardivement. J'avais aussi remarqué qu'il ne voulait pas manger de porc, fût-ce sous forme de jambon, et Pilar et moi ne lui en servions jamais. Mais c'étaient surtout ses engagements, ses préoccupations idéologiques qui tournaient quasi exclusivement autour du conflit israélo-palestinien.

Au début, je n'y accordai point trop d'attention. Après tout, nous étions des gens informés, conscients, décidés à prendre parti sur tout – c'était le cas de tous les intellectuels à l'époque. Nous n'allions pas demeurer sans réaction devant ce qui préoccupait à juste titre la plupart de nos concitoyens : la fin de la guerre d'Indochine, le débuts de la guerre d'Algérie, les révélations sur la torture, bien d'autres scandales, dont le « drame des réfugiés palestiniens ». On le nommait ainsi, à l'époque.

De plus en plus, les discours que me tenait Léonard, alors que nous allions marcher, et tandis que je remâchais ce que j'avais dit la veille en analyse et comptais reprendre autrement le surlendemain, portaient sur le comportement des Juifs d'Israël vis-à-vis des Palestiniens déplacés.

Ce qui se passait là-bas ne m'intéressait pas excessivement dans la mesure où je n'étais pas juive et où les persécutions antisémites n'avaient nullement affecté ma famille. Quant à la « Shoah » – on ne nommait pas encore ainsi l'abominable solution finale, la « catastrophe » des six millions de juifs disparus, liquidés dans les chambres à gaz et les camps –, on n'en parlait encore qu'à peine.

Il y avait comme de la malséance à trop évoquer ces malheureux, hâves dans leurs pyjamas rayés, dont le retour parmi nous évoquait une période effroyable et honteuse dont beaucoup étaient pressés de sortir. Fût-ce au prix de l'oubli, du déni.

Y revenir entrait en dissonance avec ce que désirait la France d'alors : se réconcilier avec elle-même en rapprochant les camps naguère opposés. Il y avait eu des exécutions sans jugement à la Libération : « *Tuez-les si vous voulez, mais ne dites pas que vous les avez jugés* », avait protesté un ancien membre de la Résistance, Jean Paulhan. Après quoi avaient suivi les procès dont certains traînaient encore en longueur, d'autres ayant abouti à des condamnations à mort et à des exécutions. On pensait maintenant que cela suffisait, que justice était faite et qu'on pouvait tourner la page. Au bénéfice de tous.

Même des survivants de la Shoah. Après tout, ceux-là n'en étaient pas tout à fait victimes, puisqu'ils étaient là ! Ne pouvaient-ils choisir, en étant vivants, de songer à se rétablir, à participer avec les autres à la reconstruction nationale, et surtout de se taire ? Ce que nombre d'entre eux firent en effet pendant des décennies.

Mais ce silence-là, quoique consensuel, était trop lourd. Pesant pour tout le monde, mais davantage encore pour ceux qui avaient été, pendant la guerre, contraints de porter l'étoile jaune ou de se réfugier dans les maquis.

Ceux-ci aussi, même épargnés, même s'ils n'avaient pas connu les camps, étaient en quelque sorte des survivants : d'autant plus meurtris dans le tréfonds de leur être qu'on leur permettait encore moins qu'aux victimes reconnues, de se soulager de leur épreuve par la parole.

En cela aussi, je faisais partie des privilégiés : j'avais la chance de pouvoir parler en analyse de ce qui me faisait souffrir, et, au début, je monologuais sur un seul sujet : Léonard. Pourquoi ne se décidait-il pas à vivre avec moi, pas plus qu'à rompre ? Moi non plus, je ne pouvais ni le quitter ni supporter la vie qu'il me faisait endurer. Cette vie si passionnée... Que devenir ? Nous nous aimions tellement, plus que tout !

Que devais-je faire et dire, comment me comporter pour le convaincre de partir avec moi ? Afin que nous puissions vivre intégralement notre amour... Après tout, un analyste est aussi un psychologue ; le mien, cet homme intelligent et compréhensif, devait avoir des recettes, en tout cas certaines lumières sur le sujet...

Je croyais encore que tout s'explique et que, lorsqu'on a démonté un mécanisme, on n'est pas loin de le maîtriser.

Pendant des années, je poursuivis ainsi mon analyse dans le but principal d'arriver à comprendre non pas moi, mais Léonard ! À la longue, je finis par me changer, mais, pour ce qui est de lui, je ne parvins aucunement à le faire bouger.

Entre autres raisons – elle est peut-être suffisante ? – parce que je n'abordai jamais avec mon analyste le fait que Léonard était juif. D'ailleurs, mon analyste l'était lui aussi. Comme Freud, son maître.

Sartre avait certes écrit *Réflexions sur la question juive*, mais nous l'avions lu à l'époque comme une brillante démonstration destinée à mettre en relief la vivacité des passes d'armes du génial philosophe, ce qu'étaient autrefois les polémiques entre casuistes.

Pour ce qui est de moi, je croyais que d'avoir du fond du cœur abhorré ce qui s'était passé dans les camps nazis – avec l'active collaboration de Français enrôlés dans une chasse aux juifs dont on ne connaissait pas encore l'ampleur –, cela suffisait pour en être quitte. Pour qu'on ait le droit, nous, la génération montante, de poursuivre en paix notre petite histoire, incluse dans la grande.

N'étions-nous pas trop jeunes, pendant la guerre, Léonard et moi, pour nous juger responsables des abominations commises par nos aînés ? Ou pour nous sentir si peu que ce soit coupables ?

Ce que je ne savais pas à l'époque, c'est que la culpabilité se transmet de père en fils, d'une génération l'autre. De même que la haine, fût-elle inconsciente. Sinon, tant de populations et d'individus n'auraient pas recours à des vengeances sans trêve ni fin.

Sans qu'il le sût, probablement, Léonard se vengeait – sur lui, sur moi – de ce que les siens avaient subi, et qui resterait à jamais ineffaçable. Il lui fallait se punir. Déjà de ne pas l'avoir empêchée (qui l'aurait pu ?), cette discrimination suivie d'un si horrible massacre ; aussi de ne pas y avoir péri ; et même, quoique pour lui ce fût resté sans conséquence, d'en avoir été l'objet. D'appartenir, de fait, au groupe des pourchassés.

Cette culpabilité, je puis la comprendre : est-ce qu'il ne m'arrivait pas, de mon côté, de me sentir coupable de ne pas avoir empêché la guerre de 14, également meurtrière des miens, alors que je n'étais même pas née ?

Et c'est pourquoi – lui m'entraînant dans son sillage – nous ne nous donnions pas le droit au bonheur.

Sauf par instants, comme un mirage à l'horizon, une claire promenade parmi les roses ; ce qui était peut-être pire que de ne pas y avoir accès du tout.

*
* *

Pas de lettres de toi, ce matin. J'espère que tu te reposes bien, ou qu'au contraire tu as beaucoup de choses amusantes à faire à Paris. Hier, malgré la pluie, j'ai été nager longtemps grâce à tes palmes et à mon masque-tube. Puis j'ai été au Havre chercher mon fils qui revenait d'Angleterre. Je suis passé non seulement par Octeville, mais devant Antifer et Breneval. Il faisait le temps qu'il fait dans ces endroits : venteux, pluvieux et gris. Mais le soleil a quand même fini par apparaître juste avant de se coucher : presque un rayon vert.

Et toi ? Écris-moi, juste un mot.

L.

Quand ai-je commencé à rompre avec Léonard, à m'en éloigner, à introduire entre nous un début de distance ? Et d'abord, m'en suis-je aperçue ? Plusieurs moments sont restés vivants dans ma mémoire, peut-être parce qu'ils étaient significatifs d'un changement dans nos rapports, en tout cas en moi, sans que j'en tire alors de conclusions.

J'ai déjà parlé de ce samedi où mon amant m'annonça au tout dernier instant qu'il ne viendrait pas me chercher pour aller en forêt, ayant mieux à faire. Dans quel désespoir excessif je me sentis plonger !

Je me souviens également d'un 1er Mai, pour moi tragique... Il n'y a pas d'autre mot, tant j'ai pleuré de larmes la journée entière. Pour quelle raison sentimentale souhaitais-je avec une pareille obstination que Léonard fût avec moi en ce jour férié ? Comme il s'y refusa, je sautai dans ma voiture et partis seule du côté de Meulan, empruntai de petites routes, m'égarai, pour décider soudain de m'arrêter et de m'enfoncer dans les bois. Par je ne sais quel hasard – ou avais-je été guidée par mon intuition ? – le muguet y fleurissait dans une abondance féerique... Je m'accroupis pour en cueillir quelques brins, mais ne pus continuer : le chagrin me submergea à l'idée du bonheur que j'aurais éprouvé à me trouver au milieu d'un tel tapis de fleurs en compagnie de Léonard ! Image ô combien romanesque de l'amour... Mais non, c'était raté : si le décor fleuri était au rendez-vous du printemps, je m'y trouvais seule... Comble d'infortune : il se mit alors à pleuvoir à verse ! De tristesse je me laissai tomber sur le sol, le visage dans l'humus, une fois de plus en pleurs... Dans ces bois isolés, je craignais d'être surprise par des promeneurs, pis encore par quelque maraudeur – mais peut-être souhaitais-je inconsciemment être attaquée pour aller jusqu'au bout de mon malheur ?

Je me laissai aller à ce terrible sentiment d'abandon que connaissent toutes les femmes qui n'ont pas à leur côté l'homme qu'elles aiment, en un moment qu'à tort ou à raison elles jugent unique. Elles ne sont donc pas la préférée ? Ni même voulues ? C'est qu'elles sont insuffisantes...

Douloureuse, cette condamnation de soi date probablement de l'enfance, de cette période où l'on se sent si impuissant face aux hautes figures que sont les parents, lesquels n'en font avec nous qu'à leur volonté. Or Léonard se conduisait parfois en parent : quand il me disait « non », ce « non » n'avait pas à être justifié ni négocié, il était définitif ; je n'avais qu'à me soumettre.

Aujourd'hui, je me dis que si une telle chose devait encore m'arriver, je rirais ! J'irais au muguet le cœur léger, seule ou avec des amis, et ramènerais un gros bouquet de petites clochettes odorantes qui parfumeraient la maison en attendant mon amant le jour suivant ou un autre...

Mais je ne le pouvais pas. De même que j'ai mal pris chacune de nos séparations après les quelques rares et précieux séjours qu'il consentit à nous octroyer... Après coup, contrairement à moi, Léonard, lui, semblait s'en réjouir, s'en repaître, en tirer *a posteriori* des joies infinies, ainsi qu'en témoignent ses lettres.

Est-ce d'être femme qui me rendait si possessive ? Incapable de me suffire de ce monde imaginaire que sont les mots ? Il me fallait du concret, la sensation de sa présence...

Toutefois, il lui arriva de me rendre la pareille. Cela faisait plusieurs années que j'étais liée, pour ne pas dire ligotée à Léonard, quand je fus invitée par un couple d'amis à les rejoindre pour Noël et le Jour de l'An dans leur chalet d'Argentières.

J'aimais la neige, le ski dont je n'avais guère l'occasion de profiter, et je savais aussi que, pour les fêtes, Léonard serait en famille. Après avoir sollicité son approbation, qu'il m'accorda sans discuter, je me décidai à partir...

*

* *

Comme je suis heureux de ta lettre d'hier où je te sens détendue, presque heureuse ! J'ai beaucoup pensé à toi, ces derniers jours, notamment ce samedi que j'ai passé à Fontainebleau, selon mes habitudes, et contrairement à mes supputations. Je voudrais tant te voir revenir de la montagne avec ce sourire et ce courage qui te vont si bien. Nous avons tant de choses à faire ensemble. Tu n'as pas idée.

Je suis heureux de te savoir si bien à Argentières. Je suis heureux de te savoir si bien en général. Et je t'embrasse.

Léonard.

*

* *

La vie à la montagne est chaleureuse : on se dépense sportivement dans la journée pour se retrouver, le soir, devant un feu de cheminée, manger avec appétit, rire et plaisanter en bonne compagnie. Une ambiance qui me manquait terriblement à Paris, particulièrement le soir. Quelque chose de mon plaisir dut transparaître dans mes lettres et dans les coups de téléphone que je passais à Léonard ; lui, me laissait entendre que, pour ce qui le concernait, il n'avait rien d'autre à faire qu'à se rendre à son bureau où, vu les vacances, il se retrouvait pratiquement seul, et, faute de mieux, puisque je n'étais pas là, y travaillait davantage encore qu'à l'ordinaire.

Il y avait de la tristesse dans sa voix, bien qu'il ne se plaignît pas, se contentant de me lancer au moment de couper : « Amuse-toi bien ! » Soudain, dans un élan, je décidai d'écourter mon séjour. Un soir, au regret de mes hôtes, je repris le train pour Paris. Auparavant, j'avais acheté des confitures confectionnées dans la région, que je comptais faire déguster à Léonard avec une galette des rois, puisque nous étions début janvier.

Est-ce moi qui l'appelle sitôt que j'ai regagné mon appartement, ou est-ce lui ? C'est pour l'entendre me dire d'un ton sépulcral, c'est le mot, qu'il ne viendra ni ce jour-là, ni un autre, ni jamais plus... Il a réfléchi : il vaut mieux que nous rompions car – et là, je crus tomber à la renverse – il ne pouvait supporter mon absence.

Qui raccrocha le premier ? Ce que je sais, c'est que je sombrai dans un profond désespoir. Était-ce le but que l'« homme abandonné » recherchait ? C'était par trop injuste ! D'une part, j'avais quitté l'affection de mes amis pour rien, pour me retrouver plus seule que jamais, tous les gens que je fréquentais, dont ma famille, étant partis. De l'autre, Léonard me traitait comme si, en étant allée prendre un peu l'air dans un environnement amical, j'avais commis une forfaiture – moi qui m'étais résignée à vivre seule par amour de lui !

Et n'avais-je pas tout laissé pour rentrer dans un Paris désert, dès que j'avais perçu qu'il déprimait de me savoir loin ? Je tenais compte de sa souffrance, en somme de lui, mais lui, tenait-il compte de moi ? Et comme je me sentais bête, enfantine, avec mes pots de confitures inutiles !

Je ne dormis pas de la nuit. Le lendemain, j'étais décomposée, en larmes depuis des heures, quand survint Pilar qui venait s'occuper de la chatte. Étonnée de me trouver de retour plus tôt que prévu, et dans un état laissant présager quelque malheur, elle me dévisagea avec inquiétude. Alors je lâchai tout de go : « Il me quitte ! Il ne veut plus me voir... »

Cette femme, bien plus petite que moi, qui avait eu

plus que sa part de souffrance et de solitude, me prit dans ses bras et s'écria : « Cela n'est pas possible, une amitié pareille... » Le mot *amitié* me surprit : était-ce la traduction de l'espagnol ? En tout cas, je le ressentis à ce moment comme plus fort que pouvait l'être celui d'amour.

Pilar avait amplement raison : Léonard et moi étions si liés, si tressés l'un à l'autre qu'une rupture aussi brutale, que nous ne souhaitions ni l'un ni l'autre, n'était pas concevable. Et, de fait, quelques jours plus tard, peut-être le lendemain, mon amant revint. Avec son sourire habituel, comme si de rien n'était.

Quelque chose en moi s'était-il brisé ? Je ne crois pas, j'étais plutôt comme ces femmes battues qui pensent que les coups que leur homme leur porte sont une preuve d'amour... D'ailleurs il leur en demande pardon, jure qu'il ne recommencera plus. Cette maltraitance, dont les traces corporelles vont s'effacer, loin de les éloigner, les a rapprochés : ils ont coulé ensemble, main dans la main, dans ce féroce mystère qu'est la fusion amoureuse. Le magma boueux de la vie de couple. Sans compter que ces femmes agressées sont persuadées de ne pas être pour rien dans la scène que leur homme leur a faite : elles sont prêtes à reconnaître que c'est elles, par étourderie, maladresse involontaire, qui ont provoqué sa fureur...

Je me suis dit que j'avais eu tort de quitter Léonard, même si je ne devais pas le voir beaucoup en cette période rituelle des fêtes. Juré, je ne recommencerais plus.

En réalité, il était jaloux. Non que j'aille vers d'autres hommes, ce qui n'était pas envisageable, mais de tout plaisir, quel qu'il fût, que je pouvais prendre sans lui.

S'il s'interdisait la plupart du temps la jouissance pour lui-même, je devais à notre amour d'en faire autant.

Non qu'il eût renoncé à tout jamais au bonheur, à la détente : il me remerciait – ses lettres en sont la preuve renouvelée – chaque fois qu'il était parvenu à s'arracher quelques heures, quelques jours à son enfermement. Devrais-je dire : à son cachot ? À l'autopunition qu'il s'infligeait pour une faute qui n'était probablement pas la sienne, mais dont il se jugeait d'autant moins quitte qu'il ne savait trop ce qu'elle était. Et moi, moins encore que lui.

Au fond de mon cœur, je ne le désirais pas, et pourtant j'allais quitter cet homme, mon amour... Douloureusement, car je ne voulais pas de cet arrachement. Mais ce qui s'acharnait en moi, la poursuite de la vie, l'exigeait.

C'était au cours de l'une de nos longues marches du samedi à Fontainebleau, par une journée claire et plutôt sèche, sans doute au début de l'été. Nous avancions sur un chemin sableux, assez dégagé, pas tout à fait une clairière, une sorte de transition entre deux espaces boisés. Pour quelle raison Léonard se trouvait-il à une certaine distance de moi, comme parti dans ses pensées ? Restée en arrière, je m'immobilise soudain en un lieu que je ne retrouverai jamais, même si sa configuration reste précise dans ma mémoire, et, m'approchant d'un amas pierreux, à gauche du sentier, je me penche comme si je savais ce que j'allais y trouver. Et je vois s'agiter un petit serpent. Pas plus effrayé que moi, il se faufile lentement jusqu'à un trou où il disparaît.

Quoi d'extraordinaire ? J'avais aperçu l'hôte naturel des éboulis, venu se chauffer au soleil, et la discrétion de mon approche ne l'avait que peu dérangé. L'étrange est que cette brève vision se soit imprimée en moi à tout jamais. Je rattrapai Léonard pour lui rapporter plaisamment ma rencontre ; il me semble qu'il réagit à peine. Comme si nous étions dans des mondes différents, quoique unis ce jour-là dans l'espace et le temps.

Aujourd'hui, je me dis que si je me souviens si nettement de cet incident, c'est que le serpent évoquait pour moi les couleuvres et vipères qui nichaient familièrement dans les vieux murs en terrasse de notre maison du centre de la France. En rencontrer un en cet endroit et à ce moment me frappa comme un signe destiné à me rappeler à quel point je désirais me retrouver à nouveau là-bas en compagnie de Léonard. Pour m'abîmer avec lui, comme nous l'avions fait la première fois, dans notre double enfance, jusqu'à nous y fondre définitivement par le corps et l'esprit.

Cette union d'un homme et d'une femme s'appelle faire un enfant. De cette possibilité nous ne parlions jamais. Comme si être l'enfant l'un de l'autre suffisait à notre amour. Ce qui n'est jamais tout à fait vrai, ne peut pas l'être.

Nous le savions sans doute, au fond de nous-mêmes, et ce manque d'enfant était une souffrance d'autant plus violente qu'elle était tue.

Un autre épisode me hante avec la même incroyable netteté. C'était l'hiver, le plein hiver, avec sa neige et son verglas, ce qui ne nous avait pas empêchés, ce dimanche-là, d'arpenter les allées et les bois du parc de Versailles. Car quel que fût le temps, rien ne pouvait nous retenir d'aller marcher ensemble, le samedi puis le dimanche, comme si nous étions à la recherche de quelque chose que nous finirions bien par rencontrer au bout de la route, pourvu que nous nous obstinions...

Qu'il faisait froid, ce jour-là ! Je revois la buée de ma respiration devant mon visage que j'avais camouflé d'une écharpe de laine. Était-ce pour raccourcir le trajet du retour ? Soudain Léonard obliqua, quitta l'allée à peine visible sous la neige, pour se diriger vers un petit bois. Un fossé nous en séparait. Plein d'eau, il était gelé en surface, mais rien ne disait que cette pellicule ne céderait pas sous notre poids. Plus grand que moi Léonard enjamba l'obstacle sans difficulté et se retourna pour voir si je suivais. J'hésitai, car je n'étais pas du tout sûre de réussir un tel saut. Alors il me tendit la main pour me tirer à lui.

Et il se passa en moi quelque chose de terrible : je me dis qu'il allait me lâcher ! Que je ne devais pas lui faire confiance ! D'où me venait ce sentiment qui m'envahit tout entière ? Aujourd'hui encore, je n'en sais rien, d'autant qu'en réalité sa main gantée n'avait pas quitté la mienne et que je pus, grâce à son aide, me retrouver sans encombre de l'autre côté du fossé.

Mais, dans la grisaille de ce parc solitaire et glacé – qui ne se souvient du poème de Verlaine ? –, une brisure venait de se faire au plus profond de moi. C'était la première fois, depuis que j'étais avec lui, que je prenais conscience que je ne pouvais compter que sur moi-même. Que j'étais seule, désespérément seule. Face à je ne savais quel avenir.

C'est un fait : nous sommes toujours seuls face à nos choix, à nos changements de cap. Là, je venais de franchir à l'improviste plus qu'un fossé : celui qui me séparait de l'âge adulte. J'aurais dû m'en réjouir. C'est le contraire qui eut lieu : je me sentais comme trahie – par moi-même ? –, livrée à mes seules forces. Me refusant soudain à compter sur plus fort que moi, quoique abandonnée dans le froid glacial de l'existence. Léonard me paraissait devenu un autre, un étranger qui ne me protégerait pas. Il irait de son côté, il avait son destin qui pouvait à tout instant cesser d'être le mien.

Et je regrettais infiniment – je le regrette encore – de ne pas avoir chu dans le fossé, quitte à casser la glace, pour me retrouver les pieds trempés, gelés, ayant alors besoin de son aide et la sollicitant : « Sans toi je ne peux rien, mon amour, porte-moi, emmène-moi, console-moi, réchauffe-moi, garde-moi, je suis ton enfant !... Je ne tiens pas à grandir loin de toi... Je ne veux pas me sauver sans toi ! »

Et pourtant je l'ai fait.

Il n'y avait pas deux façons de me séparer de Léonard, je le savais depuis que je l'avais rencontré. Pour instituer une coupure, sortir de cet entremêlement qu'impose la passion et que condamne la raison, il me fallait introduire entre lui et moi un autre homme : ce qui s'appelle « tromper ».

Cette tromperie-là, je l'avais déjà amorcée en entrant en analyse : n'étais-je pas allée parler, me raconter et même me coucher – sur un divan professionnel – face à un autre homme... ?

Quand j'en fis part à Léonard, la scène, dont je revois encore le lieu : un coin de canapé, fut étrange et me laissa déconcertée.

Je lui fis cet aveu – c'en était un – comme par inadvertance, en parlant d'autre chose : de l'argent que je dépensais à ce moment-là et qui excédait quelque peu mes ressources. « Ce qu'il y a en plus dans mon budget, c'est l'analyse ! » Léonard me regarda avec l'air qu'il prenait quand il enregistrait quelque chose sans vouloir – ou pouvoir – réagir sur-le-champ. (Ainsi, lorsqu'il m'avait accordé de partir chez mes amis d'Argentières – et ce n'est qu'après, trop tard, qu'il s'en repentit...) Donc, Léonard ne répliqua rien, ou seulement par un « Ah », ce qui fait que, refroidie, je ne poursuivis pas, n'entrai pas dans les détails.

S'il m'avait répondu : « Pourquoi ? De quoi souffres-tu ? Explique-toi ! », et surtout : « Je ne veux pas que tu ailles parler à quelqu'un d'autre que moi », j'aurais interrompu ma cure aussitôt.

Pour le meilleur, pour le pire, je n'en sais rien, mais, à ce moment-là, j'aimais Léonard plus que moi-même, et j'aurais recherché son bien, si j'avais pu le connaître, plus que le mien.

Comme il n'objectait rien, j'enfouis ma déception, prête à en parler à ma prochaine séance avec l'analyste. Je dus lui dire que Léonard se fichait que je le consulte ou non, donc que mon amant ne se préoccupait pas de ma souffrance. Car il devait tout de même savoir qu'on n'entreprend pas de bon cœur un traitement aussi coûteux et astreignant !

Qu'en pensa le thérapeute ? Je n'eus affaire qu'à son silence... Avec le recul, je me dis que quelque chose en lui dut tressaillir de satisfaction : il l'avait emporté sur l'autre, son rival imaginaire dans mon cœur comme dans la vie !

En fait, sur un certain plan, Léonard avait raison de ne pas se récrier ni protester, car le fait que je fusse en analyse ne comptait pas vraiment, entre lui et moi – en tout cas, pas assez. Pour susciter une véritable coupure, un changement de cap, il me fallait certes un autre homme, mais que je couche avec. Ce qui advint.

L'étrange est que si je me souviens parfaitement des circonstances, il m'est impossible de me rappeler de qui il s'agit ! Comme du lieu où je pus le rencontrer, cet homme, de la façon dont les choses se déroulèrent, si elles durèrent ou pas ! Ce garçon que je présume jeune ne fut qu'un instrument. Je ne lui révélai rien de ce qui se passait entre Léonard et moi. Il n'était pas mon confident, encore moins mon analyste : il était là seulement pour servir de couteau. Ce qu'il fut.

On ne ment qu'à peine lorsqu'on dit à son compagnon, à propos d'une aventure qu'on s'est accordée : « Il (ou elle) ne compte pas ! » En effet, le protagoniste ne compte pas, c'est l'acte qui est important. Qui fait date.

Ai-je revu ce garçon ? Peu importe : il n'avait pas plus tôt claqué la porte de mon appartement où je venais de faire l'amour avec lui que je me précipitai contre le mur et m'y cognai violemment la tête à plusieurs reprises. En sanglotant.

Je savais pertinemment que quelque chose entre Léonard et moi venait de finir.

De mon fait.

Je l'avais voulue, cette fracture, et elle était irréparable.

Mon amant et moi venions d'entrer dans une autre phase de notre amour. La fin ? Peut-être pas. Du moins sur-le-champ, puisque je ne lui dis rien ni ne lui laissai rien soupçonner de ce qui venait de se passer.

La brisure pour l'heure s'était faite en moi et ne fragilisait que moi. Comme dans le poème : « *Le vase où meurt cette verveine / D'un coup d'éventail fut fêlé ; / Le coup dut l'effleurer à peine, / Aucun bruit ne l'a révélé. / Mais la légère meurtrissure, / Mordant le cristal chaque jour, / D'une marche invisible et sûre / En a fait lentement le tour...* » Si nous gardons en mémoire ces vers si nostalgiques de Sully Prudhomme, c'est qu'ils rendent parfaitement compte de ce qu'il en est du cœur humain : un choc minuscule suffit à détruire son intégrité.

Mon amour pour Léonard n'était plus « pur ». En cessant d'être absolu, il devenait certes plus réel, peut-être même plus solide, mais c'en était fini de l'idéal.

M'en suis-je voulu ? De quoi ? D'avoir éprouvé du plaisir à ce corps à corps avec un autre homme ? Il la fallait, cette jouissance, elle allait servir à me relancer dans la mouvance de la vie, à me sortir d'une immobilité amoureuse qui tournait à vide.

À nouveau ma petite embarcation, tel un radeau privé de gouvernail, allait filer sur le fleuve du temps... Était-ce le travail de l'analyse qui m'avait poussée à cette extrémité ? La lassitude qu'engendrait la monotonie de mon existence avec Léonard ? Entraînée par le courant, je n'avais pas encore de cap, je savais seulement que j'allais vers la mer, ce si grand, si vide désert.

Et je pleurais : telle Ève après la faute, je pleurais mon paradis perdu.

Pas une fois, à l'époque, je ne me suis demandé si, de son côté, Léonard avait fait de même, s'il m'avait trompée avec une autre femme. D'une façon générale je ne croyais que ce que je voyais, et, prudence ou discrétion de sa part, jc n'avais aperçu autour de lui personne d'autre que moi.

C'est alors que je fis un dessin qui me crucifie encore d'être si vrai : on y voit un éléphant et un kangourou assassinés baignant dans leur sang.

L'image est barbare, mais il ne fallait pas moins

qu'un meurtre pour en finir avec notre si longue et envoûtante enfance.

*
* *

J'avais peut-être besoin d'en être absolument, mais absolument sûr, pour trouver le courage de t'écrire cette lettre. Tu comprends : j'aurais pu le dire autrement, que je voulais me libérer de toi, ou tu aurais pu le croire. Ce n'est pas cela, et tous les jours que je commence aujourd'hui de passer sans toi, je vais les passer en ne cessant de penser à toi, à nous, à des millions de choses que nous avons faites ensemble depuis toutes ces années que nous nous connaissons. Je saurai ce que tu fais à toutes les heures de la journée, depuis ton lever jusqu'à ton coucher, dans quelle pièce tu te trouves, avec qui tu dînes, qui te téléphone, et la Michkatte, et Pilar, et qui te téléphone, et le placard vide sous l'escalier, et le cordeau tressé dans le couloir, et la table à plateau de verre près du canapé bas, et ta photo et celle de ta mère sur la cheminée, et les livres de Pauvert dans la petite pièce, et ton lit presque carré. Je pourrais continuer pendant des journées, je continuerai, mais pour moi seul. Je n'arrive pas à me dire que c'est fini, que nous sommes morts l'un pour l'autre, que tu es morte, que je ne prendrai plus ta main dans la mienne, ta main gauche dans ma main droite pendant que je tiens le volant de ma main gauche. Je n'y arrive pas. Alors je continue cette lettre le plus longtemps possible, dérisoirement. Tu avais raison depuis le début, et c'est moi qui ai toujours eu tort. Tort de t'inviter à déjeuner, tort de te revoir, tort de te prendre la main sur la falaise. Je ne t'ai pas quittée depuis cet instant. Peut-être n'ai je pas su bien le dire, mais tu le savais, n'est-ce pas ? On ne peut pas dire les choses, ou plutôt je ne peux dire les choses qu'après. Après les avoir vécues. Quand je les vis, c'est trop beau pour qu'on puisse en parler. La gorge nouée. Elle l'est encore un peu. Mais tu ne le sauras plus, maintenant. Il faut aussi que j'ajoute : aide-moi. Aide-moi à cesser de te faire souffrir. Ne m'appelle pas, ne m'écris pas, je suis si faible, si incapable de résister à un appel de toi. Tu m'as dit hier soir, quand je t'ai prévenue que je ne viendrais pas, que c'était bien fait, que je n'avais plus qu'à téléphoner chez moi. Je t'ai dit oui, c'était bien fait. J'avais bien fait de téléphoner. Il fallait que je rentre. Tu m'as dit : Amuse-toi bien. Tu m'as dit que tu ne serais pas chez toi de la journée. Puis tu m'as dit que je n'appelle pas. Tu m'as dit que tu partais pour dix jours. Je suis resté sur le quai, et tu ne reviendras plus... Je suis vraiment vieux, maintenant. J'aurais voulu te dire tant d'autres choses, aujourd'hui, pour remplir tout ce silence qui vient. Je n'ai pas su, naturellement. Essaie pour moi.

L.

Puis il y a un trou. Je veux dire : dans ma mémoire. Un blanc... Une page de ma vie a basculé dans le néant. Va-t-on me croire plus que le piètre assassin qui répète en boucle, face à ses accusateurs : « Vous dites que je l'ai tué ? Je ne me souviens de rien... »

Sans doute parce que la douleur est à ce moment-là si forte qu'elle rend amnésique. Je ne me rappelle pas nos derniers mois, ni nos dernières semaines, ni même le dernier jour. J'ai oublié la façon dont j'en suis arrivée à dire à Léonard, ou à lui écrire, ou à lui laisser entendre : « Je ne veux plus te voir. »

Rien que d'y songer, j'en souffre encore.

Ce que je sais, c'est qu'il est venu sonner à ma porte une dernière fois. (Il n'avait jamais voulu de clé.) J'étais chez moi. Était-ce l'heure rituelle du déjeuner, ou l'après-midi, ou le soir ? Je n'ai pas ouvert. Non, je n'ai pas ouvert. Je savais que c'était lui qui était là, derrière cette planche de bois. Je suis restée plantée dans l'entrée. À écouter, attendre je ne sais quoi. Peut-être qu'il la brise, cette porte, qu'il détruise enfin la clôture, le barrage qui nous séparait.

Il ne l'a pas fait. Il est reparti sans m'avoir vue. Sans s'être expliqué, sans m'avoir dit et redit, comme il savait si bien faire : « Je t'aime, et c'est pour toujours. »

Croyez-vous que je m'aime, moi, en écrivant cela ?

Je suis allée du côté de la cuisine, de « notre » cuisine, et je me suis frappé la tête contre le mur nu. Un mur blanc comme l'était ma pensée, à ce moment précis... Il n'y avait rien d'autre. Ni à faire, ni à espérer.

Le refus d'être heureux, qui était inscrit en cet homme et le forçait à dire non à l'amour vécu, avait triomphé. Après m'avoir contaminée.

La haine, pas la sienne, celle de l'Histoire, avait gagné.

Nous étions ses victimes comme tant d'autres avant nous. Et depuis.

*

* *

Les années glissent, continuant d'épaissir le temps entre hier et aujourd'hui. C'est comme une brume qui dissimule en partie le passé, mais je sais qu'au-delà de ce voile, il reste intact. Net, brillant, à tout jamais gravé en moi, en lui, et dans le monceau de lettres et de dessins que conserve le coffre en bois de santal.

Quant aux roses, il n'y a pas à s'en faire : elles éclosent tous les printemps dans la roseraie de Bagatelle, fraîches, épanouies, éternelles – comme tout ce qu'il m'a dit.

La rose bleue existe-t-elle depuis nous ? Je ne sais, allez-y voir, vous rencontrerez des paons ; ils vous parleront peut-être de Léonard et de moi.

De l'amour.

Pour moi, je ne vais plus jusqu'à la roseraie. Ce que maintenant je préfère à nos promenades, c'est de le voir de dos, installé dans ce transat que je déplie tous les matins sur la terrasse, face au jardin et à l'étang. La touffe de ses cheveux qui grisonnent dépasse le haut du siège ; l'une de ses mains, la gauche, reste pendante, jouant avec le gravier ou caressant le chat qui passe. L'autre tient son journal. Ou un livre.

Je ne distingue que cela, mais je sais que c'est lui. Bien lui... Enfin il est à moi, près de moi, pour le restant de nos jours. La vie en a décidé ainsi, avec le temps.

Peut-être est-ce que je m'illusionne et qu'il s'agit d'un autre homme ? Mais non, c'est lui, c'est bien Léonard, mon drôle d'éléphant, qui désormais m'accompagne.

Sinon, serais-je aussi heureuse ?

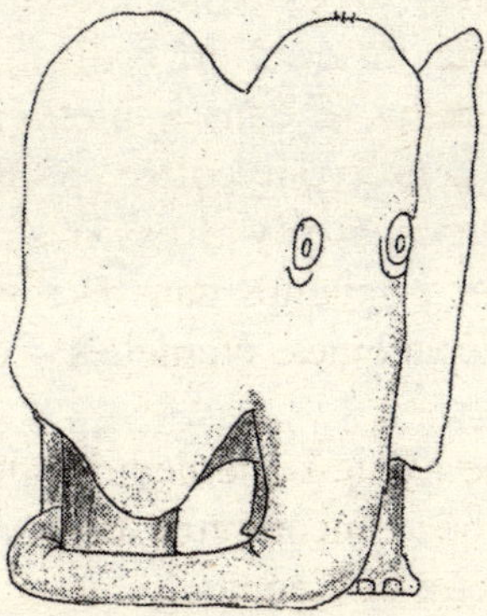

De L[illegible]

Pour moi, je ne veux plus rien [illegible]. Ce que [illegible] c'est de [illegible] [illegible] [illegible] [illegible] [illegible] [illegible] [illegible] [illegible] [illegible] [illegible] [illegible]

[illegible] [illegible] [illegible]

Peut-être est-ce que je m'illusionne, et qu'il s'agit d'un autre homme? Mais [illegible] [illegible], c'est bien [illegible] [illegible] compagnie.

[illegible] aussi heureuse?

[illegible]

[illegible] Fayard, [illegible]; Le Livre de Poche, [illegible]

[illegible] Fayard, 19[illegible]; Le Livre de Poche, [illegible]

[illegible] Fayard, 19[illegible]; Le Livre de Poche, [illegible]

Du même auteur :

Un été sans histoire, roman, Mercure de France, 1973 ; Folio, 958.

Je m'amuse et je t'aime, roman, Gallimard, 1976.

Grands Cris dans la nuit du couple, roman, Gallimard, 1976 ; Folio, 1359.

La Jalousie, essai, Fayard, 1977 ; rééd., 1994.

Une femme en exil, récit, Grasset, 1979.

Un homme infidèle, roman, Grasset, 1980 ; Le Livre de Poche, 5773.

Envoyez la petite musique..., essai, Grasset, 1984 ; Le Livre de Poche, « Biblio/essais », 4079.

Un flingue sous les roses, théâtre, Gallimard, 1985.

La Maison de Jade, roman, Grasset, 1986 ; Le Livre de Poche, 6441.

Adieu l'amour, roman, Fayard, 1987 ; Le Livre de Poche, 6523.

Une saison de feuilles, roman, Fayard, 1988 ; Le Livre de Poche, 6663.

Douleur d'août, Grasset, 1988 ; Le Livre de Poche, 6792.

Quelques pas sur la terre, théâtre, Gallimard, 1989.

La Chair de la robe, essai, Fayard, 1989 ; Le Livre de Poche, 6901.

Si aimée, si seule, roman, Fayard, 1990 ; Le Livre de Poche, 6999.

Le Retour du bonheur, essai, Fayard, 1990 ; Le Livre de Poche, 4353.

L'Ami chien, récit, Acropole, 1990 ; Le Livre de Poche, 14913.

On attend les enfants, roman, Fayard, 1991 ; Le Livre de Poche, 9746.

Mère et filles, roman, Fayard, 1992 ; Le Livre de Poche, 9760.

La Femme abandonnée, roman, Fayard, 1992 ; Le Livre de Poche, 13767.

Suzanne et la province, roman, Fayard, 1993 ; Le Livre de Poche, 13624.

Oser écrire, essai, Fayard, 1993.

L'Inondation, récit, Fixot, 1994 ; Le Livre de Poche, 14061.

Ce que m'a appris Françoise Dolto, Fayard, 1994 ; Le Livre de Poche, 14381.

L'Inventaire, roman, Fayard, 1994 ; Le Livre de Poche, 14008.

Une femme heureuse, roman, Fayard, 1995 ; Le Livre de Poche, 14021.

Une soudaine solitude, essai, Fayard, 1995 ; Le Livre de Poche, 14151.

Le Foulard bleu, roman, Fayard, 1996 ; Le Livre de Poche, 14260.

Paroles d'amoureuse, poésie, Fayard, 1996.

Reviens, Simone, suspense, Stock, 1996 ; Le Livre de Poche, 14464.

La Femme en moi, essai, Fayard, 1996 ; Le Livre de Poche, 14507.

Les Amoureux, roman, Fayard, 1997 ; Le Livre de Poche, 14588.

Les amis sont de passage, essai, Fayard, 1997 ; Le Livre de Poche, 14751.

Un bouquet de violettes, suspense, Stock, 1997 ; Le Livre de Poche, 14563.

La Maîtresse de mon mari, roman, Fayard, 1997 ; Le Livre de Poche, 14733.

Un été sans toi, récit, Fayard, 1997 ; Le Livre de Poche, 14670.

Ils l'ont tuée, récit, Stock, 1997 ; Le Livre de Poche, 14488.

Meurtre en thalasso, suspense, Stock, 1998 ; Le Livre de Poche, 14966.

Défense d'aimer, Fayard, 1998 ; Le Livre de Poche, 14814.

Les Plus Belles Lettres d'amour, Albin Michel, 1998.

Théâtre I, En scène pour l'entracte, Fayard, 1998.

Théâtre II, Combien de femmes pour faire un homme ?, Fayard, 1998.

La Mieux Aimée, roman, Fayard, 1998 ; Le Livre de Poche, 14961.

Cet homme est marié, roman, Fayard, 1998 ; Le Livre de Poche, 14870.

Si je vous dis le mot passion..., entretiens, Fayard, 1999.

Trous de mémoire, essai, Fayard, 1999 ; Le Livre de Poche, 15176.

L'Indivision, roman, Fayard, 1999 ; Le Livre de Poche, 15039.

L'Embellisseur, roman, Fayard, 1999 ; Le Livre de Poche, 14984.

Divine Passion, poésie, Fayard, 2000.

J'ai toujours raison, nouvelles, Fayard, 2000 ; Le Livre de Poche, 15306.

Jeu de femme, roman, Fayard, 2000 ; Le Livre de Poche, 15331.

Dans la tempête, roman, Fayard, 2000 ; Le Livre de Poche, 15231.

Nos jours heureux, roman, Fayard, 2000 ; Le Livre de Poche, 15368.

La Maison, récit, Fayard, 2001.

La Femme sans, roman, Fayard, 2001.

Les Chiffons du rêve, nouvelles, Fayard, 2001 ; Le Livre de Poche, 15553.

Deux Femmes en vue, roman, Fayard, 2001 ; Le Livre de Poche, 15421.

L'amour n'a pas de saison, Fayard, 2002.

Nos enfants si gâtés, roman, Fayard, 2002.

Callas l'extrême, biographie, Michel Lafon, 2002.

Conversations impudiques, essai, Pauvert, 2002.

Dans mon jardin, récit, Fayard, 2003.

La Ronde des âges, roman, Fayard, 2003.

Mes éphémères, Fayard, 2003.

L'Homme de ma vie, Fayard, 2004.

Noces avec la vie, Fayard, 2004.

Un oncle à héritage, Fayard, 2005.

www.madeleine-chapsal.com

Composition réalisée par NORD COMPO

Achevé d'imprimer en mars 2007 en France sur Presse Offset par

CPI
Brodard & Taupin

La Flèche (Sarthe).
N° d'imprimeur : 40791 – N° d'éditeur : 84538
Dépôt légal 1re publication : avril 2007
LIBRAIRIE GÉNÉRALE FRANÇAISE – 31, rue de Fleurus – 75278 Paris cedex 06.

31/1577/1